아프냐?
그럼 시 한 편 읽고 가렴

아프냐?
그럼 시 한 편 읽고 가렴

인쇄일 | 2024년 7월 05일
발행일 | 2024년 7월 10일

지은이 | 김명수
펴낸곳 | 도서출판 시아북(詩芽Book)
출판등록 | 2018년 3월 30일
주소 | 대전광역시 동구 선화로214번길 21(3F)
전화 | (042)254-9966, 226-9966
팩스 | (042)221-3545
E-mail | siab9966@daum.net

값 16,000원
ISBN 979-11-91108-97-2(03810)

시의 향기를 찾아서 01

아프냐? 그럼 시 한 편 읽고 가렴

김명수 시인이 선정한

마음을 **치유**하는 한 편의 시

시아북
詩芽BOOK

아프냐?
그럼 시 한 편 읽고 가렴

현대를 살아가는 많은 사람들이 아파하고 있다. 정말로 몸이 아파 힘들어 하는 사람도 있고 정신적으로 마음이 아파 괴로워 하는 사람도 있다. 사는 게 힘들어서, 힘든 일이 거듭 되어서, 예기치 않은 일들이 생겨서, 또는 모함에 빠져서, 그리고 정말 병이 들거나 사고가 나서 사람들은 병원에 입원해 치료를 받거나 집에서 병원의 처방전을 받아 약국에서 지은 약을 먹고 몸이나 마음의 병을 치료하기 위해 노력한다. 그런데 사람에 따라서는 전혀 다른 방법으로 몸과 마음의 병을 치료하는 사람들도 있다. 자신만의 치료법이다. 산에 가서 좋은 공기 마시고 모든 것을 내려놓고 사는 사람들이 있는가 하면 교회나 산사에 머물며 기도하면서 마음을 비우고 아픈 것을 잊고 치유하는 사람도 있다. 그런가하면 그림을 그리거나 음악활동에 몰입하기도

하고 자연속에 심취해 있으면서 좋은 시를 읽고 쓰고 음미하고 생각하면서 마음을 다스리기도한다.

오래전 교대부국에서 근무할 때였다. 마침 대전에 있는 Y대학의 정신과 병동에서 제자가 간호사로 일을 하고 있었는데 의사 선생님이, 시를 쓰면서 심리학도 공부했고 시를 가르쳐 본 경험도 있는 선생님을 찾는다고 연락이 왔다. 내가 의사 선생님이 찾는 사람과 조건이 맞는다고 꼭 와 달라는 것이었다. 나중에 알게 되었는데 정신과 의사 선생님은 시를 통해 마음치료를 한다고 도와 줄 선생님을 찾고 있는 중이었다. 그런 연유로 해서 나는 매주 한 번씩 10여 개월 동안 Y대학 부속병원의 정신과에 가서 환자들을 대상으로 시를 통해 교감을 나누는 수업을 해 왔다.

평소 내가 좋아하는 시들을 모아 음악과 함께 환자들이 낭송을 하고 들으며 각자가 시 속의 세계에 잠시 몰입하는 시간을 갖어 보는 것이다. 시를 읽거나 듣고 나서 각자의 기분이나 생각을 말하고 시를 써 보기도 한다. 나는 환자들의 생각이나 반응을 일일이 메모해서 의사에게 전달하고 설명하는 역할이었다. 때로는 그 의사선생님이 나하고 환자들이 시로 교감을 나누는 상황을 지켜보기도 했다. 의사는 이러한 자료를 바탕으로 나름대로 환자의 정신적 상태를 알아 치료하는데 자료로 쓴다는 것이었다. 그 때 다시 한 번 알게된 것은 좋은 시 한 편이 환자에 따라서는 여러 가지로 도움이 된다는 것이었다.

나는 시를 갖고 공부하고 환자와 교감을 나누는 것에 대해 어떤 보수도 없는 순수한 봉사였지만 내가 좋아 하는 시를 환자들에게 들려주고 의견을 나누는 것이 마음치료에 도움이 된다 해서 그것 자체로 만족하고 열심히 참여했다. 물론 오고 가는 거리와 시간 때문에 힘들었지만 환자들에게 무언가 보탬이 된다는 것을 보람으로 여기며 최선을 다했던 기억이 새롭다.

그 Y대학 병원에서의 경험은 오랫동안 잔영으로 남게 되었다. 학교에서 수업 끝나자마자 달려가 환자들과 시간을 갖는다는게 참으로 힘들었다. 그러나 시를 통해 마음을 치유하는데 도움을 줄 수 있다는 것은 그 무엇보다도 보람된 일이었다. 그래서 틈틈이 좋은 시들을 메모하고 생각을 적어 놓고 있었다. 그러던 차에 뉴스채널1에서 일주일에 한 번 시 한편을 읽고 감상하는 코너를 맡게 되었다. 나는 오래전 그 대학병원 경험을 토대로 준비했던 시들과 메모를 참고하며 이 작업을 하기로 했다. 시를 고르는 것도 가능하면 마음을 움직여줄 수 있는 것들을 택하면서 누군가 이 시를 읽는 사람들에게 평안과 행복감을 주었으면 했다.

앞으로 마음을 치유하는 시 찾기가 이 책 한 권으로 끝나는 것이 아니고 계속하여 독자들이, 또 아픈 사람들이 함께 읽고 공감하면서 마음속의 상처를 모두 씻어낼 수 있으면 한다. 이러한 좋은 시 이야기를 쓰도록 기회를 주신 채널뉴스1의 안연옥 시인께 거듭 감사를 드린다.

2024년 7월 초여름

김명수

차례

1
멀리서 빈다

2
세월이 가면

3
즐거운 편지

김명수 시인이 선정한
마음을 치유하는 한 편의 시

1
멀리서 빈다

멀리서 빈다

어딘가 내가 모르는 곳에
보이지 않는 꽃처럼 웃고 있는
너 한 사람으로 하여 세상은
다시 한 번 눈부신 아침이 되고

어딘가 네가 모르는 곳에
보이지 않는 풀잎처럼 숨 쉬고 있는
나 한 사람으로 하여 세상은
다시 한 번 고요한 저녁이 온다

가을이다. 부디 아프지 마라.

공주의 자랑이고 국민시인이라 부르는 나태주 시인의 이 시를 읽을 때마다 '아프지 마라' 라고 하는 구절에서 마음이 찡 해옴을 느낀다. 어떻게 생각하면 그저 평범한 말일 뿐인데 그 울림은 징소리처럼 여운이 오래 가는듯 하다. 이렇게 누군가의 한 마디는 위로가 되고 동시에 마음을 치유하기도 한다. 우리 모두는 건강하고 행복하게 살 권리가 있기 때문일까? 시인은 계절이 바뀌어 가을이 왔기에.

가을이다, 아프지 말아라

하고 다시 한 번 위로의 말을 건넨다.

올해는 참 유별나게도 중국 우환에서부터 시작된 코로나로 인하여 온 국민들이 마음의 병을 앓고 있다. 사회적 거리두기로 사람과 사람사이를 걸어야 되고 떨어져 앉아야 되고 떨어져서 밥을 먹어야 된다. 그리고 명절 때는 코로나로 인해 건강을 해칠까 봐 부모형제 곁에 오고 가는 것조차 가급적이면 생략하도록 권장하고 있다. 참으로 기이한 현상이다. 누가 오늘의 이 시대를 이렇게 만들어 놓았던가. 하고 생각하는 순간 텔레비전 뉴스는 부모님들이 자식들이 걱정할까 봐 먼저 오지 않아도 된다는 영상편지를 보내기도 한다. 21C 현대를 살아가는 이 시대에 이 무슨 변고란 말인가.

혹자는 말한다. 인간이 이 세상에 죄를 많이 지었기에 하느님이 벌을 내리는 것이라고. 그래서 말할 때도, 걸을 때도, 밖에서도 안에서도 마스크를 써야 한다고, 그래서 나는 지금 이 순간도 하루 빨리 모두가 이 힘든 코로나의 공포로부터 벗어나게 해달라고 기도한다.

나태주 시인은 일찌감치 이런 것을 예감이라도 한듯 현대를 사는 사람들에게 부디 아프지 마라 하고 걱정하고 있다. 모두가 각자의 일터에서 각자의 가정에서 열심히 일하고 보람을 찾고 웃으며 다시 눈부신 아침을 맞는 행복감. 산비탈이나 둑방 밑에 보이지 않는 그 곳에서 건강하게 크고 있는 그 풀잎들, 그 풀잎들 근처의 꽃잎들, 그 꽃잎들 근처의 낙엽과 알알이 맺힌 열매들, 이 모든 것들은 건강할 때만이 서로의 가치가 빛나고 가능한 일이다. 때문에 시인은 건강해야 한다. 그래야 행복할 수 있기 때문이다. 아프지 않아야 또 다른 일을 하고 더 많은 행복을 얻을 수 있기에 부디 아프지 마라 라고 기도하는 것이다. 아프지 않아야 남을 도울 수도 있고 경제활동은 물론 체육, 음악, 미술 모든 활동도 할 수 있으며 사랑도 할 수 있기 때문이다.

귀천

나 하늘로 돌아가리라
새벽빛 와 닿으면 스러지는
이슬 더불어 손에 손을 잡고

나 하늘로 돌아 가리라
노을빛 함께 단둘이서
기슭에서 놀다가 구름 손짓하면은

나 하늘로 돌아가리라
아름다운 이 세상 소풍 끝내는 날
가서, 아름다웠더라고 말하리라

천상병 시인은 1952년 문예지에 '강물, 갈매기'가 추천되면서 등단한 인물이에요. 우주의 근원, 인생의 비통한 현실 등을 간결하게 압축해 많은 작품을 썼어요. 그의 시집으로는 '새, 주막에서, 저승 가는 데도 여비가 든다면, 요놈 요놈 요 이쁜 놈' 등이 있어요. 지금까지 천상병 시인을 대표하는 작품 '귀천'에 대해 살펴보았어요. 천상병, 그는 참 순박한 시인이예요.

천상병(1930-1993)시인, 그는 남다른 삶의 이력을 가지고 있다. 서울대 상대 경제과를 다니다 중퇴를 하고 1967년에는 동백림 간첩사건으로 6개월간의 옥고를 치르고, 그후 어떤 연유에서인지 정신병원에서 치료를 받기까지 했다. 참으로 힘든 시기를 지낸 천상병은 행려병자가 되기도 했고 그런 자신의 망가진 삶속에서도 어쩌면 정신은 맑아서 보이지 않는 수 많은 시들이 그의 머릿속에서 맴돌고 있었는지도 모른다. 그러기에 그런 어려움 속에서도 1970년 창작과 비평에「귀천」이란 시를 발표한다.

> 나 하늘로 돌아가리라 (중략) 아름다운 이 세상 소풍 끝내는 날 / 하늘로 돌아가리라. //

순수 서정성을 지닌 천상병은 이 세상에 태어나기 전 이미 하늘에서 살았던 사람이 아닐까? 하고 생각한다. 그러기에 그는 다시 하늘로 돌아간다고 말하는지도 모른다. 그것도 이제 소풍이 끝났으니까. 여기서 소풍은 정말 우리네 사람들이 평생 살아온 삶을 한마디로 표현한 것이지만 살다가 잠시 바람 쐬러 나갔다 오는 것일 수도 있고 아니면 잠시 여행을 갔다 오는 것일 수도 있다. 이제 그게 다 끝났으니 원래 있던 곳 하늘로 돌아간다고 단언하는 메시지를 남긴다. 이 시는 연약하게 쓴 것 같지만 강한 메시지를 남겼다고도 볼 수 있다. 내가 다시 하늘로 돌아간다고 단언하는 것이 바로 그것이다. 물론 여기서 그는 지상에 머물렀던 육신을 가져갈 수는 없다. 바로 영혼을 의미하는 것이다.

누구에게나 이 세상에서 존재하는 것은 유한하다. 언젠가는 하늘로 가야 한다는 것을 알기에 쓸데없는 삶의 욕망은 초월하려는 것이다. 그는 살아 있는 동안 경제적 어려움을 겪기도 했지만 아름다웠다고 말한다. 그러기에 가난이란 것을 크게 염두에 두지 않았을 것이다. 그건 바로 천상병 시인만이 할 수 있는 삶의 철학적 방식이었을 것이다. 그러하기에 그는 가난했지만 행복한 삶을 살았다고 한다. 그건 평소 욕심 없이 살았고 가난을 부끄럽게 생각하지 않고 그 자체를 즐겼기 때문일 것이다.

나 하늘로 돌아가리라
아름다운 이 세상 소풍 끝내는 날
가서, 아름다웠더라고 말하리라

엄마 걱정

열무 삼십 단을 이고
시장에 간 우리 엄마
안 오시네, 해는 시든지 오래
나는 찬밥처럼 방에 담겨
아무리 천천히 숙제를 해도
엄마 안오시네, 배추잎 같은 발소리 타박타박
안들리네, 어둡고 무서워
금간 창틈으로 고요히 빗소리
빈방에 혼자 엎드려 훌쩍거리던

아주 먼 옛날
지금도 내 눈시울을 뜨겁게 하는
그 시절, 내 유년의 윗목

엄마라는 이름을 불러 본다. 누구에게나 엄마는 그저 가슴 따듯하고 애잔하고 사랑스럽고 고맙고 또 가슴 아프고 그리운 존재가 아니겠는가. 기형도의 유고 시집 입속의 검은 입 맨 끝에 나오는 시, 엄마 걱정을 읽다 보면 나도 그냥 엄마가 그립고 또 그리워진다. 어찌 그게 나뿐이랴. 세상에 엄마가 있는 사람이라면 모두 그렇지 않을까. 어떤 사람에게는 엄마가 눈물이고 슬픔이고 어떤 사람에게는 엄마가 기쁨이고 즐거움이다. 아주 특별한 경우를 제외하고는…….

이 시에서는 29세로 요절한 기형도 시인이 어머니를 생각하며 쓴 시이다. 그 당시 어머니는 어려웠던 삶의 현장에서 이것저것 시장에 내다 팔아 가족들을 보살피느라 무척 애를 썼을 것이란 생각을 갖게 한다. 아이를 방에다 놔두고 시장에 나가 온종일 장사를 하다 들어오면 그 사이 아이는 엄마를 기다리다 지쳐 방바닥에 힘없이 쓰러져 침을 흘리며 자고 있는 모습을 보게 된다. 그때의 엄마의 심정은 얼마나 가슴이 쓰리고 아팠을까. 빈집에 혼자 남아 무섭고 두려움 속에 떨다가 잠든 시인의 유년의 기억은 가히 짐작이 가고도 남는 일이다. 그런 두려움과 공포는 엄마라는 이름을 부르고 또 부르게 만든다. 누구에게나 엄마는 그저 가슴 따뜻하고 애잔하고 사랑스럽고 고맙고 또 가슴 아프고 그리운 존재가 아니겠는가.

한 시간이라도 빨리 엄마가 돌아와야 집안이 훈기가 돌고 공포와 두려움이 가시게 될 것이다.

중풍으로 쓰러진 남편과 어린 아들을 돌봐야 하는 어머니의 삶은 그 당시 고난과 역경의 삶이었을 것이다. 그러한 환경 속에서의 유년을 지낸 시인은 청년이 되어 그 아팠던 고난과 역경의 순간을 그리움으로 승화시키는 작업을 한다. 그렇게 해서 태어난 시가 엄마 생각이다. 엄마는 나의 분신이고 나의 사랑이고 나의 그리움이다. 그래서 시인은 이 나이에 배추잎 같은 생명력으로 그런 어머니를 그리워하는 것이다.

어머니에 대한 그리움은 내 아팠던 마음을 또 상처 난 마음을 치유해 준다. 어떤 의미에서 어머니는 만병통치약이다. 박목월 시인은 어머니에게서 햇빛 굶는 향기가 난다 했

다. 김종해 시인은 어머니는 우리가 밤에 덮고 자는 이불보다 더 큰 하늘이라 했다. 김초혜 시인은 '어머니는 우주이고 생명의 근원이며 안식이고 희망'이라 했다. 또한 필자는 누구에게나 '어머니는 세상 모든 것을 안겨 주는 보물단지'라고 말하고 싶다. 이 세상에 엄마보다 더 귀하고 큰 보물단지가 있을까. 그렇다. 엄마는 무한한 사랑의 보물창고인 것이다.

겨울 바다

겨울 바다에 가 보았지
미지의 새
보고 싶던 새들은 죽고 없었네

그대 생각을 했건만도
매운 해풍에
그 진실마저 눈물져 얼어버리고

허무의
불
물이랑 위에 불붙어 있었네

나를 가르치는 건
언제나
시간 …
끄덕이며 끄덕이며 겨울 바다에 섰었네

남은 날은
적지만

기도를 끝낸 다음
더욱 뜨거운 기도의 문이 열리는
그런 영혼이 갖게 하소서

남은 날은
적지만

겨울 바다에 가 보았지
인고의 물이
수심 속에 기둥을 이루고 있었네

겨울 바다.

요즈음처럼 이런저런 이유로 스트레스를 받는 사람들이 혼자만의 여행을 떠나 신체적으로나 정신적인 피로감을 치유하기 위해 한 번쯤 가 보고 싶은 곳이 있다. 겨울 바다이다.

하얀 파도가 매서운 바람과 함께 품안으로 파고드는 그 겨울 바다, 생각만 해도 가슴이 시리다. 도시에서 찌든 그 무엇인가를 저 하얀 파도가 말끔이 씻어간다. 순간 답답했던 가슴이 갑자기 뻥 뚫린다. 복잡하고 힘겨워 답답한 가슴을 풀어 버리고 싶을 때, 어떤 즐거움을 마음껏 발산하고 싶을 때, 추억을 회상하고 싶을 때, 그리고 마음의 상처를 치유하고 싶을 때, 각기 다른 상황 속에서 겨울 바다는 고독과 허무와 새로운 영혼을 찾는 출구로서의 역할을 한다.

매운 해풍 / 허무의 불 / 기도의 문 / 인고의 물 등에서 연상되는 이미지는 삶의 연장 선상에서 시인은 겨울 바다를 찾아 그 모든 것을 극복하려는 의지를 피력하고 있다.

특히 김남조의 겨울바다는 기도의 문, 인고의 문에서 보듯 파도가 잠자고 있는 고요의 바다에서 무언가 몰려올 것 같은 예감과 기도의 문에서 나오는 소망과 진실이 우리 가슴속으로 몰려올 것 같은 느낌을 받게 한다.

겨울 바다. 파도가 출렁이는 백사장 위를 한 번쯤 혼자 걸어보았는가. 거센 파도가 몰아치는 그 위로 고독한 시간이 흐르고 무언가 치고 오를 것 같은 순간, 다시 소멸되는 하얀 파도의 곡예를 보면서 자연이 주는 아름다운 영혼을 사랑하게 됨을 알게 된다고 할까. 이 시의 한가운데 서 있으면 나도 모르게 순간이동을 통해 겨울 바다의 한복판에서 반복되는 파도의 리듬을 타고 치유의 시간여행을 떠나고 싶다. 그래서 나는 지금도 순간이동을 통해 겨울바다로의 여행을 떠난다.

나그네

강나루 건너서
밀밭 길을

구름에 달 가듯이
가는 나그네

길은 외줄기
남도南道 삼백리

술 익는 마을마다
타는 저녁 놀

구름에 달 가듯이
가는 나그네

나는 박목월의 「나그네」를 읽을 때마다 우리말이 참 아름답다는 것을 새삼 느낀다. 우선 강나루, 나그네, 외줄기, 삼백리, 저녁놀 등 이 시에서만도 삼음절로 되어 있는 말들이 열 개나 된다. 이는 우리말이 아니고서는 맛볼 수 없는 일이다. 삼음절의 아름다움은 여기 말고도 곳곳에 숨어 있다.

꽃 이름을 보면 우선 야생화만 보더라도 복수초, 바람꽃, 괭이눈, 솜나물, 노루귀, 할미꽃, 솔나리, 히어리, 개나리, 민들레, 개벌꽃, 은마리, 제비꽃, 꽃다지 등 무수히 많다. 동물이름도 그렇다. 고양이, 강아지, 송아지, 원숭이, 코끼리, 돌고래 등 그 외에도 삼음절의 우리말의 예는 셀 수 없이 많은데 이는 부르기도 쉽고 읽을 때 입안에서 구르는 음들이 울림이 있기에 더욱 맛이 좋은 것이다.

박목월의 시에선 이토록 언어의 아름다움을 발견할 수 있다. 또한 동시에 시간적 공간적 이미지를 아름답게 떠올리게 한다. 특히 강나루 - 건너 밀밭 길의 공간적 이미지는 이 시에서 아름다운 수채화 한 편을 보는 듯하다. 거기에 저녁 놀까지 합쳐지는 공간적 시각적, 시간적 이미지의 보합성은 이 시에 있어서 아름다움의 극치를 달린다고 할 수 있다.

일부러 그리려 해도 그릴 수 없는 아름다움의 절정이다. 단 몇 개의 단어를 가지고서도 박목월의 시는 이토록 읽는 사람들의 마음을 행복하게 만든다. 시란 바로 이런 것이다. 많은 설명이 필요 없이 한 두 줄의 싯귀로도 가슴을 설레게 하고 행복하게 하는 마력을 지난 것이 아름다운 시가 아닐까.

또 하나 이 시에서 나오는 구름, 달, 나그네를 연상시켜 본다. 구름과 달은 하늘에 있는 것이고 나그네는 땅에 있다. 이는 하늘과 땅을 서로 마주보며 수평을 유지하면서 나그네는 달 가듯이 함께 평행을 유지하면서 간다. 이 얼마나 아름다운 동행인가. 하늘에는 달이 가고 땅에서는 사람이 가고 빨리 가면 빨리 가는대로 천천히 가면 천천히 가는대로 구름과 달과 사람은 함께 가는 것을 느끼게 된다. 달 밝은 어느 날 구름 속에 가린 달이 나타나고 가리워지고를 반복하는 동안 물끄러미 그 상황을 지켜보면 어느 새 나도 알 수 없는 어느 지점까지 함께 가는 듯한 느낌을 받는다. 이

것은 빠르게 흐르는 강물을 쳐다보고 있을 때 강둑에 있는 내가 강물과 함께 떠내려가는 듯한 느낌을 받는 이치와 비슷한 것인지도 모른다.

이 나그네를 읽으면서 눈을 감고 생각하면 참 아름다운 활동사진 한 장을 보는 듯하다. 이제 마지막 술 익는 마을마다 타는 저녁 놀로 가 보자. 조지훈이 목월을 위해 썼다고 하는 완화삼玩花衫에 답하기 위해 박목월이 쓴 나그네에서 술 익는 마을마다 타는 저녁 놀, 이를 되풀이 썼다는 것에 충격 그 자체가 아닐 수 없다.

저녁 놀과 나그네의 합성이 인간의 생각을 정지시켜 놓는 듯 하다. 내가 살고 있는 집에서도 날씨 좋은 날이면 언제나 붉은 노을을 볼 수 있다. 그 노을은 날마다 색깔과 모양을 달리 한다. 참으로 고맙고 고마운 일이다. 그 누가 날마다 이토록 아름다운 노을을 선물해 줄 수 있을까. 그건 자연 만이 가능한 일이다. 목월은 그 순간을 잊지 않고 시 속에 노을을 붙잡아 놓았다. 순간 모든 것이 그 노을 속에 함몰되는 느낌을 받는다. 시 속에서의 불타는 노을은 나를 신비의 세계로 끌어 들이는 황홀한 순간 바로 그것이다.

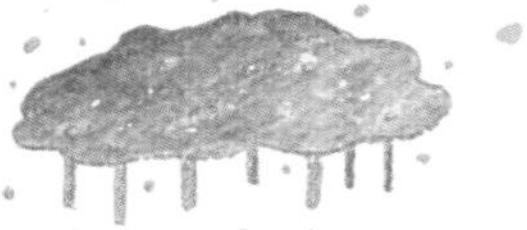

눈부처

내 그대 그리운 눈부처 되리
그대 눈동자 푸른 하늘가
잎새들 지고 산새들 잠든
그대 눈동자 들길 밖으로
내 그대 일평생 눈부처 되리
그대는 이 세상
그 누구의 곁에도 있지 못하고
오늘도 마음의 길을 걸으며 슬퍼하노니
그대 눈동자 어두운 골목
바람이 불고 저녁별 뜰 때
내 그대 일평생 눈부처 되리

한 해가 다 갑니다. 지난해는 참으로 힘들고 어두운 해였습니다. 파란 가을 하늘을 언제 제대로 보았던가? 그런 생각이 듭니다. 그 한라산 억새밭은 언제 가 보았던가? 설악과 내장산의 단풍을 제대로 본 것이 언제였던가? 아니 우리나라가 금수강산이라 했는데 그 아름다운 곳이 어디 있었던가? 코로나가 사람들을 묶어 놓으면서 어떤 사람들은 자주 가던 곳을 잃어 버렸고 어떤 사람들은 모처럼 가려 했던 곳을 못 갔습니다. 그러면서 마음 속에 그렸던 그 아름다웠던 기억들을 잃어버린 것만 같습니다.

그런가 하면 코로나로 인해 많은 사람들이 주눅 들고 힘들고 또 우울한 날들이 많았습니다. 어떻게든 빠른 시일 내에 그 괴물 같은 놈들을 물리치고 국민 모두가 아름다운 하늘, 아름다운 금수강산을 마음껏 오고, 가고, 볼 수 있는 그런 날들이 오길 기원합니다. 그건 코로나를 물리치기 위해 모두가 함께 조심하고 노력할 때 가능한 일이겠지요.

추운 겨울입니다. 칼바람이 귓볼을 스치고 갑니다. 오랜 시간을 거슬러 올라가 첫 아기를 보았을 때의 겨울이었습니다. 가정 형편이 어려워 구멍이 숭숭 뚫린 벽돌로 방 한 칸을 만들어 겨울을 나고 있었습니다. 천정에는 위풍이 세서 동글동글 방울방울 얼음덩어리들이 매달려 있었습니다. 하도 추워서 집 둘레를 모두 비닐로 덮었습니다. 방 하나를 쓰고 있어서 손님이 오면 나는 학교 숙직실로 가서 잤습니다. 그날도 막내처제가 와서 학교 숙직실로 가서 잠을 자는데. 새벽이 되어 주인집 아저씨가 뛰어와 숨도 제대로 못 쉬면서 급한 소리로 말했습니다. 김선생님 빨리 집에 가 봐요, 큰일 났어요. 아저씨는 숨이 넘어가듯 말했습니다.

나는 정신없이 뛰어 갔지요. 빛의 속도로 뛰었습니다. 아니나 다를까 아내와 처제는 연탄가스 중독으로 정신을 잃고 있었습니다. 의학적으로 참으로 무식했던 나는 주인집에서 퍼주는 동치미 국물만 두 사람에게 정신없이 먹이면서 깨어날 시간을 기다리고 있었습니다. 그런 그때 아랫목에 누워 있는 우리 아가가 큰 눈을 말동 말동 뜨고 웃으면서 손과 발을 휘젓고 나를 바라보고 있었습니다. 그 큰 눈 속에 내가 보였습니다. 그래서인지 아가는 더욱 반갑게 눈웃음을 치며 눈 속에 또 하나의 나를 비춰주고 있었습니다.

창호지 문하나 사이로 연탄부엌과 방을 연결하여 만든 집이어서 부엌에서 발생한 연탄가스가 나갈 수 있는 배출구를 잘 만들었어야 했는데 부실공사로 방안으로 스미게 되었으니 방안에서 자는 사람들이 피해를 보는 것은 당연한 것이었습니다. 참으로 무지한 내가 제대로 살피지 못해 발생한 사건이었습니다. 하마터면 한꺼번에 세 사람을 잃을 뻔한 큰 사건인데 지금도 생각하면 나 자신이 한심하고 가슴이 철렁해집니다.

그 때 처음 알았습니다. 아가는 눈 속에 또 하나의 나를 담고 있었던 것입니다. 내가 가장 사랑하는 아가의 눈동자 속에 내가 비치고 있는 것이었습니다. 한 없이 맑고 깊고 푸른 눈동자 속에 보이는 사람, 이렇게 추운 날이 계속되는 겨울에 가까이 있는 이웃들을 살펴 주는 따뜻한 눈동자를 생각하게 하는 겨울입니다. 추울수록 서로 사랑하는 사람을 내 눈 속에 꼭 담아 따뜻이 바라본다면 서로 그 추운 겨울을 잘 이겨나갈 것이라고 생각합니다. 사랑하는 만큼 많이 바라보고 많이 응원해 주는 시간을 갖어 봤으면 합니다. 사랑합니다.

* 눈부처 : 눈동자에 비치어 나타난 사람의 형상, 동인瞳人·동자瞳子
* 아가 : 당시의 아가는 필자의 사랑스런 첫딸이다.

저녁에

저렇게 많은 별 중에서
별 하나가 나를 내려다 본다
이렇게 많은 사람 중에서
그 별 하나를 쳐다 본다

밤이 깊을수록
별은 밝음 속에 사라지고
나는 어둠 속에 사라진다

이렇게 정다운
너 하나 나 하나는
어디서 무엇이 되어
다시 만나랴

참 오래전 젊은 날이었다. 텔레비전에선 통기타를 든 세 사람이 이 노래를 맛깔나게 부르고 있었다. 듣는 순간 가슴이 설레이고 매우 신선하고 향기롭다 라고 생각하고 있었는데 그 뒤 라디오에서도 이 노래가 신청곡으로 방송되고 있었다. 다정하고 정겹게 다가오는 멜로디 때문인지 비교적 단조롭고 쉬워서인지 어느새 나도 따라 부르게 되었고 많은 시간이 지난 지금도 이 노래는 정겹게 불러지는 나의 노래가 되었다. 나중에 안 일이지만 이 노래를 부른 세 사람은 포크송 가수로 유명한 송창식, 윤형주, 김세환이었다.

난 이 노랫말이 김광섭의 「저녁에」라는 시였다는 것을 안 것은 한 참을 지나고서였다. 『성북동 비둘기』로 고등학교 교과서에서 만난 김 시인의 시는 언제나 맑고 정겹다 못해

서정성이 깊어 가슴을 촉촉하게 만든다. 「저녁에」라는 시를 읽다보면 가슴이 짠하게 젖어 온다. 수많은 별들 중 하나가 수많은 사람 중 하나인 나를 내려다보고 나도 수많은 별들 중, 그 별 하나를 바라보는 것. 아 이 얼마나 짜릿한 쾌감이고 짜릿한 만남인가. 그 별과 내가 서로를 향해 달려가다 어디쯤에서 만날 수 있을까? 아 우주의 한복판일까? 그 신비스런 공간에서 별과 내가 손잡고 걸어 보는 상상을 해본다. 어린아이처럼 황홀하고 아름다운 우주 속의 세계를 유영하면서 아름답고 사랑스런 별과의 데이트를 꿈꾼다.

별은 밤이 깊을수록, 밤하늘이 맑을수록 더 빛나고 아름답다. 그 빛나고 아름다운 것을 사람들은 사랑하고 갖고 싶어 하고 가까이 하고 싶어 한다. 아침이 밝아 오면 사라지고 다시 어두워지면 나타나는 우리들의 별, 수 없이 반복하며 보는 것들이지만 볼 때마다 신선하고 신비하고 아름답고 사랑스럽다. 아무리 보아도 싫증나지 않는 마력을 지닌 나와 별의 숙명적 만남, 우리는 세상을 살아가면서 저 별과 같은 사람을 만난 적이 있던가?

초등학교 때였다. 여름방학이 되고 저녁엔 마당에 멍석을 깔고 마당 한 귀퉁이에선 햇쑥을 말려 태우는 모깃불이 타 오르고 있었다. 또 한쪽 귀퉁이에선 어른들이 농사짓는 얘기를 나누며 싱싱한 볏짚을 골라 맨 손바닥으로 새끼를 꼬고 있었다. 우리들은 멍석 한 가운데 벌러덩 누워 팔베개를 하고 별이 쏟아질 것 같이 흩뿌려진 밤하늘을 바라 보며서 서로가 크고 예쁜 별이 내것이라고 이야기를 나누고 있었다. 남에서 북으로 붓으로 일필휘지 한 것같이 쭈욱 뿌려진 은하수를 중심으로 북두칠성, 작은곰자리, 큰곰자리, 그리고 카시오페아 등 수많은 별을 바라보면서 서로 큰 별이 내것, 유난히 반짝이는 것이 내것이라고 했다. 우리들은 아무리 손을 뻗어도 가져올 수 없는 별이라는 것을 알면서도 그 빛나는 별이 내것이라고 점지 해 놓는것 자체가 즐겁고 나에게 위안을 주는 것이었기 때문에 그 별과의 대화를 즐거워 했다.

우리들은 밤하늘에 반짝이는 수많은 별들이 네것도 내것도 아닌 우리 모두의 것이라고 하면서 이렇게 말이 안되는 줄 알면서 그래도 한때 그렇게 말 안되는 놀이를 즐겨 했던 것들은 꿈속에서든 현실에서든 별 자체를 갖는다는게 행복이었기 때문이었다.

각자의 기억 속에 유난히 빛나는 별과 같은 사람, 사랑으로 다가 오는 사람, 어머니? 아내? 연인? 아들? 딸? 아니 그 누구가 되었든 예쁜 인연으로 남아 있는 그 별 속의 그 사람을 생각하며 12월을 정리하고 아쉬운 한 해를 보낸다.

저녁눈

늦은 저녁때 오는 눈발은 말집 호롱불 밑에 붐비다

늦은 저녁때 오는 눈발은 조랑말 발굽 밑에 붐비다

늦은 저녁때 오는 눈발은 여물 써는 소리에 붐비다

늦은 저녁때 오는 눈발은 변두리 빈터만 다니며 붐비다

겨울이 참 좋은 것 중의 하나는 눈이 내린다는 것이다. 그래서일까. 많은 사람들이 추운데도 눈 내리는 이 겨울을 좋아한다. 함박눈이 펑펑 내리는 밤 하얗게 쏟아지는 눈송이들을 바라보노라면 그 포근함과 함께 신비의 세계로 이끌려 가는 느낌을 받는다. 그리고 오래전 잊어버렸던 기억을 다시 불러내어 정겨운 시간을 갖는다. 그 기억 때문에 즐거워하고 아파하고 슬퍼하고 때로는 설렘과 기쁨의 시간을 갖기도 한다. 더구나 어린 시절일 수록 눈을 가지고 놀던 추억들을 생각하면 참 재미있고 즐겁기만 하다.

하얀 눈이 펑펑 내리고 쌓인 날이면 비료 푸대를 뜯어 언덕 위에서 미끄럼 타기, 눈사람 만들기와 눈싸움 하기, 눈으로 집짓기, 눈 맞으며 걷기, 눈 내린 벌판에서 내가 맨 처음으로 예쁜 발자국 남기기, 그리고 발자국으로 눈 위를 찍으며 발자국 그림 만들기 등 눈을 가지고 노는 것을 참 좋아했다. 그 눈 때문에 자동차가 사고가 나고 미끄러지고 통행이 불편한 어려움들이 있지만 눈이 내리면 예쁜 추억들을 많이 만들고 싶어 하는 것이 사람들의 마음인가 보다. 그러기에 사람들은 하늘에서 내리는 눈은 자연이 인간에게 주는 참 아름답고 고마운 선물이라고 하는 것이다.

열대지방에서 한국으로 와 이웃에서 살고 있는 어떤 외국인은 이 겨울 하늘에서 눈이 내리는 것을 보면 참 신비스럽고 너무 환상적이라고 한다. 그도 그럴것이 스무살이 되도록 하늘에서 사뿐사뿐, 때로는 펑펑, 하늘하늘 선녀처럼 내리고 있는 눈을 한 번도 본 일이 없었으니 어찌 그렇지 않겠는가. 그 사람들이 눈 내리는 풍경 속에서 무엇인가에 홀린 것처럼 한참 동안 넋을 잃고 있는 것은 당연한 일인지도 모른다.

어렸을 때 눈 오는 날이면 친구들과 함께 했던 추억들이 새롭다. 그 넓은 들판에서 눈을 맞으며 뛰고 딩굴고 눈싸움을 하고 아무도 걷지 않은 길을 먼저 걸어 꽃무늬 발자욱도 만들어 보고 깨끗하고 새하얀 눈을 한웅큼 쥐어 먹어도 보고 둑방길 언덕위에서 찢어진 비닐포대를 이용하여 미끄럼도 타 보고 눈 위에서 할 수 있는 여러 가지 놀이를 즐겼던 추억들이다. 세월이 많이 흐른 탓일까, 놀이문화가 변한 탓일까, 요즘엔 눈이 와도 어린이들이 그런 놀이를 하는 경우를 보기 힘들다. 가족과 함께 눈썰매장을 찾고 스키장을 가야하는데 코로나라는 괴물까지 괴롭히니 마음대로 갈 수도 없고, 참 아쉬운 일이 아닐 수 없다.

눈이 펑펑 내리는 날이면 1970년 발표 되었던 영화 〈러브스토리〉가 생각난다. 하버드 법대생 올리버와 가난한 이민자 출신 제니의 안타까운 사랑 이야기를 그린 영화다. 두 사람이 도서관에서 처음 보는 순간 운명적인 사랑에 빠지게 되는 아주 슬픈 영화 중의 하나이다. 부모들의 반대에도 두 사람은 결혼하여 행복한 시간을 보내게 된다. 그런 어느 날 신의 질투일까? 제니가 백혈병에 걸려 고통스러워하자 올리버는 '미안해'라고 한다. 그러자 제니는 '사랑은 미안해'라고 하는게 아니야 라는 명대사를 남긴다. 시한부 인생을 사는 제니를 끝까지 사랑해주는 가슴시린 이야기를 그려서일까? 영화가 끝나는 자막이 나오고도 나는 한 동안 눈을 감고 긴 여운 속에 잠겨 있어야 했다.

저녁때, 눈발, 발굽, 조랑말, 변두리 빈터, 붐비다 등 이런 낱말이 중복되어 있는 이 시를 소리 내어 반복해 읽다보면 자기도 모르게 어떤 그림이 그려진다. 언어가 가져오는 상상력으로 하여금 뭐라 말할 수 없는 따뜻한 정감이 가득 들어 있음을 느끼게 한다. 이런게 바로 시의 맛이 아닐까? 대전 사정공원에 가면 최종태 조각가의 조형물이 함께 붙어 있는 박용래 시비를 만난다. 그 시비에 이 「저녁 눈」이 있다. 참 오래전 일이다. 대전 사정공원에서 눈물의 시인이라고 불리는 박용래 시비 제막식이 있던 날 김남조 시인의 축사 중에 이런 말이 있었다. 바람은 악기 용래는 울보, 오래전 퇴색된 일기장 속에서 지금은 고인이 된 김남조 시인이 축사 속에 한 말을 떠올려 본다.

마스크를 쓰고 세상을 바라봐야 했던 한 해가 다 간다. 박용래의 「저녁눈」을 소리내어 읽어 보면서 이제 새해에는 괴물 같은 코로나를 물리치고 모든 사람들이 마스크를 벗고 밝고 아름답고 힘찬 모습으로 살아갈 수 있는 날들이 되길 기도한다.

어렸을 때 눈 오는 날이면
친구들과 함께 했던 추억들이 새롭다.
그 넓은 들판에서 눈을 맞으며 뛰고 딩굴고 눈싸움을 하고 ……

부모

낙엽이 우수수 떨어질 때,
겨울의 기나긴 밤,
어머님하고 둘이 앉아
옛이야기 들어라.

나는 어쩌면 생겨나와
이 이야기 듣는가?
묻지도 말아라, 내일 날에
내가 부모 되어서 알아보랴?

누구든 어머니! 하고 불러보면, 가슴이 짠하지 않은 사람 있을까. 나를 열 달 동안이나 그 어떤 보물보다도 소중하게 내 몸속에 넣고 다니며 조심조심 하며 낳아서 금이야 옥이야 키우고, 진자리 마른자리 마다하지 않고 손발이 다 닳도록 고생하셨네(어버이 은혜 노래가사에서) 그리고 대학까지 가르치고 결혼시키고 이제 큰 숨 쉬고 잠시 쉬려 하나 손발이 저리고 허리 다리 아프고 고혈압에 관절 그리고 무슨 암까지 걸리고 아니면 치매에 힘이 다 되었다 해서 잠시 물러앉으면 기다렸다는 듯 한번 들어 가면 좀처럼 나오지 못한다는 양로원, 요양원으로 모신다는 자식들이 적지 않다 하니 좀 씁쓸하고 서글픈 생각이 든다.

실제로 주변에 그런 부류의 사람들이 있다. 한 사람은 아직도 정년이 4, 5년이나 남았는데 평생 자신만 바라보고 사신 어머니가 편찮으셔서 자신이 아니면 돌 볼 사람이 없다고 명예퇴직을 한 뒤 노쇄하여 거동이 불편하신 어머니를 돌 봐드리고 있는 사람이 있다. 물론 시집도 안 가고, 모든 것을 곁에서 하나에서 열까지 살펴드려야 하는데 어머니를 위해 그 어떤 불편함도 감수하고 정성을 다하는 아름다운 모습을 보니 나라에서 표창이라도 해야되지 않을까? 하고 생각해 본다. 그런가하면 아주 정반대의 경우도 있다. 어려서부터 무남독녀 외동딸 하나만 보고 살았는데 잘 키우고 잘 가르쳐서 성공한 직장에 다니게 하고 시집 잘 보내고 이제 시집간 딸네집까지 가서 평생 자녀 키우는 것까지 돌봐주다가 이제 걷지도 못하고 힘겨워 아무 것도 못하게 되자 바로 양로원에 넣어 버린 사례다. 물론 나름대로 말 못할 이유야 있겠지만 앞의 경우와는 정반대여서 참 씁쓸하기 짝이 없다. 물론 양로원에 따라서는 집에서보다 잘 모시는 곳이 있다하지만 왠지 겨울나무를 울리는 바람소리가 들리는 것 같아 슬프기만 하다.

고려시대 참 먹고 살기 어려웠던 시절, 고려장에 관한 이야기다. 연로한 어머님을 꽃구경 시켜 준다하고 아들은 지게에 어머니를 모시고 미리 보아 둔 토굴에 내려놓고 오는데 홀로 남은 어머니께서 빈 지게를 지고 산을 내려가는 아들을 불러 이렇게 말한다. 얘야 내려 갈 때 드문드문 솔잎 꺾어 놓은 곳 찾아가거라 하고, 어머니는 벌써 일찍부터 당신을 깊은 산 속에 내려 놓고 올 것이라는 것을 눈치 채고 있었다. 그러나 그런 상황에도 아들이 산속에서 길을 잃고 헤맬까 봐 산에 올라오는 동안 머리위에 스치는 나뭇가지를 꺾어 드문드문 길표시를 하며 올라오셨던 것이다. 이 말을 들은 아들이 내려오면서 보니 모퉁이마다, 길이 갈라지는 곳마다, 길을 잃어버릴 것 같은 곳에 나뭇가지를 꺾어 놓은 표시가 있더란다. 다 내려와 어머니 계신 곳을 보고 다시 올라와 어머니 앞에 무릎 꿇고 울면서 말하기를 '어머니 이 불효자식을 용서하세요' 하며 어머니를 다시 모시고 내려 왔다는 야사를 읽고 나도 그만 눈시울이 붉어진 적이 있었다.

지난 12월의 일이었다. 한국효문화진흥원 주최 효세미나가 있었는데 그 때 세상을 떠들썩하게 만들었던 한 분이 참석하셨다. 그분은 바로 십 오륙 년 전 각종 일간지와 방송에서 칭찬을 아끼지 않았던 지게 효자이야기가 있었는데 바로 그 주인공이 참석하신 것이다. 그 분은 현재 경기도 모처에서 농협 지점장으로 근무하고 계신데 몸이 불편한 아버지께서 평생의 소원이 금강산을 보는 것이라 하여 손수 특별 제작한 지게 위에 아버지를 모시고 금강산을 걸어 구경 시킨 분이었다. 2006년 당시 중앙일보는 지게효자의 사연이 중국 대륙을 울렸다고 대서특필하였다. 당시 그 분 나이 41살 지금은 예순이 다 되어 가는데 여전이 부모에 대한 효심이 깊었다. 말이 그렇지 어찌 그 험한 산을 지게에 아버지를 지고 오르내릴 수 있었을까. 지금도 진홍원에 가면 바로 그 실물 지게와 사연, 그리고 사진이 전시되고 있다. 나는 그 분을 직접 뵈면서 고개가 절로 숙여졌다. 실로 사람들이 그 분의 효성스러운 마음을 본받아야할 것이라고 생각했다. 그리고 이런 것은 교과서에도 실려서 성장하고 있는 학생들이 함께 보고 느껴서 본받을 수 있도록 산 교육을 시켰으면 했다.

1920년대 일제 강점기 암흑의 시대를 살았던 천재시인 김소월은 오로지 시만을 쓰기 위해 힘든 시간을 보낸다. 이 시에서 어쩌다 생겨나와 이 이야기를 듣는가와 내가 부모 되어 알아본다 라고 하는 스스로 묻고 답하는 과정에서 내가 이 세상에 태어나 존재하는 것은 무엇인지. 또한 어머니가 소월에 대해 말하는 것, 그것이 무엇을 의미하는 것인지를 부모가 되어 알아 본다는 것이다. 그건 부모가 되어 마음을 헤아려보기 전까지는 부모가 어떻게 나를 입히고 키우셨는가는 짐작만으로는 알 수 없다는 것이다(김소월 전작시집에서).

기나긴 겨울밤 화롯가에서 어머니와 단둘이 이야기를 하는 소월, 그런 그가 성장해서 조선말 귀재의 시인이란 찬사를 듣게 되는데 이는 많이 배우지 않은 사람들도 쉽게 이해하고 알아듣는 시를 써서 수많은 사람들로부터 사랑받는 시인이 되었다. 사실 대부분 많은 사람들로부터 사랑받는 시들을 보면 알아듣기 쉽게 쓰여진 시, 읽고난 후 쉽게 이해가 되는 시, 사람들에게 쉽게 전할 수 있는 시, 그런 시들이 독자들로부터 오랫동안 사랑받고 좋아하는 것이 아닐까. 그러고 보면 시를 쉽게 쓰는 것이 좋은 게 아닐까 하는 생각이 든다. 이 시는 일찌기 유행가로도 널리 알려져 있어 오래전부터 많은 사람들의 사랑을 받고 있기도 하다.

그리움

눈이 오는가 북쪽엔
함박눈 쏟아져 내리는가

험한 벼랑을 굽이굽이 돌아간
백무선白茂線 철길 위에
느릿느릿 밤새워 달리는
화물차의 검은 지붕에

연달린 산과 산 사이
너를 남기고 온
작은 마을에도 복된 눈 내리는가

잉크병 얼어드는 이러한 밤에
어쩌자고 잠을 깨어
그리운 곳 차마 그리운 곳

눈이 오는가 북쪽엔
함박눈 쏟아져 내리는가

우리는 가끔 시를 읽으면서도 가슴 저릴 때가 있다. 그건 아마 그 시가 내 마음과 내 처지와 지금의 내 상황과 비슷하기 때문이 아닐까? 노래를 듣고도 이야기를 듣고도 비슷한 경우가 있다. 또는 신문이나 방송을 보고서도 그렇다. 그게 좋은 내용이든 좋지 않은 내용이든 가슴이 저리고 먹먹하고 아픈 경우가 있다.

그런 경우 대개의 사람들은 그 가슴 아픈 것에 그치지 않고 이를 극복하려고 노력한다. 그것이 시를 통해서이든 음악이나 미술이든 운동이나 취미 활동 등 그 어느 하나를 선택해서 어렵고 힘든 상황을 극복하려고 한다. 그 때 힘이 되는 것이 있다. 자신에게 가장 절실한 그 무엇과 함께 하는 것이다. 그걸 쉽게 발견할 수 있을 때 그래서 그것을 나에게 적용할 수 있을 때 우리는 그 힘든 상황 속에서 벗어날 수 있을 것이다. 그러려면 그 무엇인가를 꾸준히 해 왔거나 하려고 노력할 때 가능할 것이다.

새해가 되어 코로나로 인해 고생하는 모든 사람들에게 위로의 연하장을 보낸다. 새해엔 코로나가 없는 사회, 사람들 모두 그 코로나의 굴레에서 벗어나 마음껏 노래하고 마음껏 운동하고 마음껏 사회활동 할 수 있는 그런 날이 오도록, 그리하여 모두가 전과 같이 함께 운동하고 함께 여행하고 함께 봉사하고 함께 일할 수 있게 힘을 얻고 자신감이 생기도록 그런 날들이 꼭 빨리 와주소서 하고 말이다.

이런 때에 만화에서 보던 요술램프 같은 것이 등장해서 한 번에 그 나쁜 코로나를 쓸어가 모든 사람들에게 안정되고 행복한 생활을 할 수 있다면 얼마나 좋을까. 쉽지는 않겠지만 그래도 기도해본다. 정말 그 요술 램프 같은 백신이 빨리 나와 코로나를 모두 갖고 가 불태우기를, 그래서 세상 모든 사람들이 그 코로나의 공포에서 벗어날 수 있도록 간절히 기도한다. 그래서 젊은 학생들은 밤늦게까지 도서관에서 공부 할 수 있고 자영업자들은 정해진 시간까지 열심히 일할 수 있고 모든 문화 예술하는 사람들도 마음 놓고 공연할 수 있도록, 그래서 우리 사회가 건강하고 명랑하고 행복한 사회가 되도록 그 코로나를 한 방에 물리칠 수 있는 요술램프, 마법의 지팡이 이런 것들이 빨리 발명되고 하루 빨리 나타나주기를 기도한다.

1914년 함경북도 경성에서 출생한 이용악은 남한에 와서 살다가 6·25때 월북한 시인인데 우리민족의 비극적 현실을 많이 쓴 민족시인이라고도 불리 운다. 그는 기억력이 아주 좋아서 시의 어떤 구절을 듣거나 보았을 경우 메모 없이도 정확하게 되살리는 재주가 남달랐다고 전해지고 있다.

그가 26세 때 발표한 오랑캐꽃은 독자들에게 참 많은 사랑을 받은 시였는데 귀촉도, 화사, 질마재 신화로 유명한 서정주 시인도 이용악 시인은 가난 속에 괄시를 받으면서도 망국민의 절망과 비애를 잘 표현했다고 좋은 평가를 했다. 1988년 월북 작가들이 해금되면서 이용악의 시를 많은 사람들이 볼 수 있게 되었다. 따라서 그의 치열한 시 정신은 후에 시 공부하는 또 다른 시인들에게 두고 두고 영향을 주기도 한다. 1988년 이전 한때 월북한 작가들의 책이 해금되기 전 서천의 구재기 시인과 같이 이용악 시인을 비롯한 월북시인들의 시집을 몰래 복사해서 읽던 그 시절이 새삼 어제일같이 떠오른다.

남북이 갈려 있는 지금, 우리가 통일이 되어 기차를 타고 백두산까지 달려 볼 수 있다면 얼마나 좋을까. 「그리움」이란 시는 1930년대의 한 청춘의 겨울밤, 함박눈이 펑펑 쏟아

눈이 오는가 북쪽엔 / 함박눈 쏟아져 내리는가

험한 벼랑을 굽이굽이 돌아간 / 백무선 철길 위에
느릿느릿 밤새워 달리는 / 화물차의 검은 지붕에

지는 상황을 사실적으로 표현한 시이다. 글을 쓸 당시는 일제치하였기 때문에 아마도 눈오는 백두산의 철길을 달렸을 것이다. 집앞에 가로등이 있는데 깜깜한 밤 함박눈이 펑펑 쏟아지는 것을 본다면 얼마나 아름다운 광경인지 알 것이다. 이 글을 쓸 당시 남한에 있던 이용악은 눈 내리는 것을 보고 그의 고향에도 함박눈이 오는지를 추론하여 시로 표현하고자 한 것이다.

서시

죽는 날까지 하늘을 우러러
한 점 부끄럼이 없기를,
잎새에 이는 바람에도
나는 괴로워했다
별을 노래하는 마음으로
모든 죽어가는 것을 사랑해야지
그리고 나한테 주어진 길을
걸어야겠다.

오늘 밤에도 별이 바람에 스치운다.

새해가 밝았다. 누구나 새로운 각오로 새해를 맞고 새로운 마음으로 보람찬 한 해가 되게 하기 위해 열심히 일을 시작한다. 그런데 우리는 어디에서 무슨 일을 하던 과연 살아가는 동안 부끄럽지 않고 떳떳하고 정직하고 깨끗하게 모든 일을 잘 해낼 수 있을까?

나는 가끔 윤동주의 서시를 작은 소리로 낭송해본다. 그것은 시가 쉽고 비교적 짧아서 외우기 좋기 때문이다. 또 하나는 이 시를 읽을 때마다 자신을 다시 한번 되돌아보게 되고 그러다보면 어쩐지 한 두 가지 걸리는 일이 있어 다시 한 번 마음가짐을 바르게 하게 되기 때문이다. 대부분의 평범한 사람들은 살아가면서 실수도 하고 잘못을 저지르기도 하고 그래서 양심의 가책을 받기도 한다. 그래서 바르게 가려고 노력한다.

한 점 부끄러움이 없는가 반성하면서…….

그런가 하면 인터넷 속의 한 기사에서 댓글을 보면 죽자 사자로 남을 비방하는 글들이 많다. 어떤 것들은 수준 낮게 비방함은 물론 상스런 말까지 하면서 시끌벅적하다. 이게 정말 댓글 쓰는 사람의 마음인지 용역회사 사람들의 전문적 댓글인지 모르지만 정말 당신은 한 점 부끄럼이 없기에 죽자 사자 남을 비방하는가 하고 묻고 싶다. 그런 때 바로 이 시가 필요하다. '당신은 정말 한 점 부끄럼이 없는가' 하고 …….

그러나 또 많은 부류의 사람들은 그렇지도 않다. 대체로 완벽할 수 없다는 핑계로 수많은 오류와 잘못을 저지르고 진심으로 반성하고 고치려 하는 사람들도 있지만 그 중에는 자기 합리화를 주장하고 얼굴이 철면피를 깔 정도로 눈 하나 꿈쩍하지 않고 남을 비방하는 사람들도 적지 않다. 특히 특정 분야에 몸담아 일하는 사람들일수록 더 많다고 한다. 그러지 말아야 할 사람들이 더 그렇다하니 이럴때 조용히 윤동주의 서시를 읽어 본다면 조금이라도 마음이 정화되는데 도움이 되지 않을까.

전에 근무하던 학교에서 부장선생님과 교장이 한바탕 하고 왔다며 교무실에서 식식거리고 있던 일이 있었다. 내용을 알고 보니 별것도 아닌 일을 가지고 그랬기에 난 평소 즐겨 읽던 법정 스님의 책 중 하나를 골라 중요부분에 밑줄을 그어 조용히 그에게 건넸다. 누가 잘잘못을 따지기보다는 이 구절 한 번 읽고 마음을 가다듬기를 바라는 마음에서였다. 봄에 그런 일이 있었는데 가을에 또 한 번 불미스런 일이 있어 그 사람에게 또 한 권의 책을 주었다.

세월이 흘러 얼마 전 우연한 기회에 그 사람을 만났다. 그는 전에 자기가 치받던 그 자리에 올라 있었다. 그리고 말했다. 아랫사람에게 문제가 있어 조금 지적했더니 자기에게 대들더라고. 그 순간 전에 자신이 그런 상황이었을 때 내가 법정 스님의 책에 밑줄을 그어 주던 일이 생각나더라고. 그 사람은 똑같은 상황을 십년이 지나서 자신이 되돌려 받은 것이었다. 좀 씁쓸한 얘기였지만 모든 것들은 본인 하기 나름이란 평범한 진실을 알아야 할 것이다.

누구나 한 순간을 참지 못하고 실수하는 건데 한번 더 조금만 더 생각하면 무사히 지나갈 일들이 마음을 아프게 하는 경우가 생긴다. 이건 직장에서뿐만이 아니라 가정과 사회에서도 비슷한 일이 생긴다. 따라서 조금 참고 이해하고 포용하면서 살다 보면 괜찮은 날들이 올 것이라는 것을 알아야 할 것이다.

현대 사회를 살아가면서 많은 사람들이 직·간접적으로 스트레스를 많이 받는다. 그럴수록 적당한 운동이나 오락, 또는 여행을 통해 스트레스를 풀 수 있다면 직장생활을 하는데 훨씬 도움이 되지 않을까? 요즈음은 코로나로 인해 사람들이 답답해하고 우울한 분위기에 싸여 있는 사람들이 많다. 이럴 때 일수록 적당히 스트레스를 풀고 말과 행동에 조심하면서 살아야 할 것이다.

스물 여덟의 나이로 일찍 세상을 떠난 윤동주. 별 헤는 밤과 함께 윤동주 시의 압권을 이루는 서시는 생활 속에 청량제 같은 역할을 한다. 그는 짧은 나이에 주옥같은 시를

남겼다. 그 중에서도 이 서시는 참 많은 사람들에게 강열한 의미를 부여하게 한다. 특히 때 묻지 않은 젊은 날에 쓴 시어들이 마음을 뭉클하게 한다.

별과 죽음의 연관된 시어가 그렇고 바람에 스치우는 별이 그렇다. 어린 시절 친구들과 밤하늘의 별을 바라보며 큰곰자리 카시오페아 북극성 등을 보고 저별이 내 것이고 저것은 네 것이고 하면서 별을 하나씩 나눠가진 적이 있었다. 그건 지금도 마찬가지다. 언제든 욕심껏 갖고도 괜찮은 것은 저 밤하늘의 별이다.

누구나 가질 수 있고 누구나 보고 마음을 기댈 수 있는 별이 너무 사랑스럽다. 얼마 전에는 잔디밭에 몽땅 쏟아질 것 같이 떠 있는 별을 보고 손주가 말했다. 할아버지 나 저 별 하나 가지면 안될까? 물론 나는 하나가 아니라 더 많은 별들을 가질 수 있다고 했다. 두 팔을 벌리고 가슴을 열고 마음껏 별들을 담아보라고. 그러면서 나도 팔을 벌려 수 많은 별들을 가슴에 담아 보았다. 참 신기한 것은 지금까지 아무도 그 별들을 내놓으라는 사람이 없다. 그래서 나는 지금도 마음의 별을 가슴에 담는다. 별아 내 가슴에 ……. 어디선가 들어 본 말이다.

일 잘하는 사내

다시 태어나면
무엇이 되고 싶은가
젊은 눈망울들
나를 바라보며 물었다

다시 태어나면
일 잘하는 사내를 만나
깊고 깊은 산골에서
농사짓고 살고 싶다
내 대답

돌아가는 길에
그들은 울었다고 전해 들었다
왜 울었을까

홀로 살다 홀로 남은
팔십 노구의 외로운 처지
그것이 안쓰러워 울었을까
저마다 맺힌 한이 있어 울었을까

아니야 아니야 그렇지 않을거야
누구나 본질을 향한 회귀본능
누구나 순리에 대한 그리움
그것 때문에 울었을 거야

중학교 때부터 책을 사는 게 취미여서 호주머니에 돈이 생기면 서점에 가서 책을 샀다. 내가 초, 중, 고를 다닐 때는 학교에 도서관이 열악해서 중학교 때는 시내에 책 빌려 주는 곳에서 친구와 돈을 주고 2박 3일 빌려와 보면 두 권을 읽을 수 있어서 밤새 읽고 그 이튿날 서로 바꿔 보곤 했다. 고등학교 때 어느 날 모처럼 용돈이 생겨 참고서를 사려고 서점에 들렀는데 마침 박경리의 『김약국의 딸들』이란 소설책이 새로 나온 것을 보고 참고서를 사는 것을 잠시 뒤로 미루고 그 책을 먼저 산 것이다. 박경리의 소설을 처음 읽게 된 것이 바로 그 시점이었다.

한국문학을 대표하는 소설 『토지』의 저자 박경리의 유고시집 『버리고 갈 것만 남아서 참 홀가분하다』라는 시집이 나왔다는 인터넷 기사를 보고 난 습관대로 소설가는 참 어떤 시를 썼을까 하고 궁금해서 얼른 서점으로 향했다. 사실 박경리는 문단에 데뷔하기 전부터 이미 장시를 발표했다. (1954년 6월 서울상업은행 근무 시 사보 천일에 바다와 하늘이란 시 :16연 159행의 장시, 시집 우리들의 시간에 편집자가 소개) 또한 현대문학에 나올 당시 박경리가 김동리에게 처음 가지고 온 원고는 소설이 아닌 시였다고 전해지고 있다.

시집을 본 순간 박경리는 소설을 쓰는 중에도 틈틈이 시를 써서 『못 떠나는 배』를 비롯한 다섯 권의 시집을 냈다는 것을 알았다. 어찌 그 대단한 소설 토지를 쓰면서도 웬만한 시인보다도 많은 시집을 냈을까. 이는 평소 글을 쓰는데 대한 집중과 열정 그리고 부지런함에 가능했을 것이다. 여기에 소개한 「일 잘하는 사내」라는 시는 유고시집 『버리고 갈 것만 남아서 참 홀가분하다』에 수록된 작품이다. 고인의 미발표 작품 36편 속에 들어 있는 시인데 박경리는 당시에 글을 쓰는 순간에 아니, 시를 쓰는 순간에 시가 그에게 행복의 순간을 던져 주었다고 이 시집의 추천의 말 속에 들어 있다.

강원도 원주에 가서 채전을 일구며 토지를 집필하던 박경리. 그가 / 다시 태어나면 일 잘하는 사내 만나 / 깊고 깊은 산골에서 농사짓고 실고 싶다 // 라고 말하고 있다. 아마도 그 방대하고 깊고 복잡한 토지를 집필하랴 이것저

것 채전을 가꾸랴, 그건 어쩌면 나이 든 여자의 몸으로 조금 힘들었을 거라 짐작된다. 그저 아무 걱정 없이 집필에만 전념할 수 있도록 웬만한 것은 앞에서 뒤에서 모두 처리 해 줄 수 있는 건실한 남성 하나 곁에 있다면 얼마나 좋을까 하는 상상을 해보게 한다. 손수 땅을 일궈 농사를 짓는 것도 좋은 글을 써야 할 것이 많은 사람에겐 시간이 더 필요할 수 있기 때문이다. 박경리는 세상을 떠나는 날이 다가옴을 알고 이 시집의 제목을 정했는지도 모른다.

이 시에서 풍기는 것은 소설을 쓰면서 강원도의 깊은 산골에서 채전을 가꾸면서 80 노구를 끌고 홀로 사는 자신이 참 힘들었을 거라는 생각이 든다. 여기서 힘든 것은 정신적인 것 보다는 육체적일 것이다. 누가 제대로 돌 봐 주는 사람도 없이 여자의 몸으로 혼자 모든 것을 해결해야 된다는 것은 결코 쉽지 않은 일이다. 거기다가 본인은 때때로 틈틈이 아니 전문적으로 글을 써야 하기에 다른 크고 작은 일들을 몸으로 해 줘야 할 사람이 필요했을 것이다. 그러나 모든 것을 스스로 해내야 편한 박경리는 그럴려고 무수히 노력했을 것이다. 그러니 몸과 마음이 함께 어찌 아프고 힘들지 않았을까. 그래서 다시 태어난다면 일 잘하는 사내를 만나 깊은 산골에서 행복하게 살고 싶

다고 했다. 그건 선생님의 진심이라고 생각한다. 이 시속에서 울었다는 것은 아마도 박경리 선생님을 뵈러 왔다가 가면서 그들은 물은 것에 대한 선생님의 솔직한 마음을 담은 답일 것이다. 그 사람들은 선생님의 그 말을 듣고 가면서 울었던 것이다. 혼자 힘들게 사는 박경리 선생님이 불상해서 였을까. 아니 인간 본능 회귀라고 박경리 선생은 애써 부인하는데 분명한 것은 80 노구를 끌고 의연하게 살아가는 선생님을 보고 측은지심의 눈물이 아니었을까 하고 생각해 본다.

박경리 시집 『버리고 갈 것만 남아서 참 홀가분하다』는 그가 2008년 5월 81세로 타계한 후 출간된 유고시집이다. 모든 것을 버리고 갔다 하지만 시는 남아서 그가 평생에 걸쳐 쓴 『토지』와 더불어 오랫동안 많은 사람들에게 사랑 받을 것이다.

자장자장 우리 아가

오렌지 향기는 바람에 날리는데
세상에서 가장 평온한 엄마 품에 안겨서
자장자장 노래에 스스로 잠이 든다
토닥토닥 자장가 소리가 들려오면
밤의 어둠도 무섭지 않았네
비바람 몰아쳐도 두렵지 않았네
자장자장 우리아가 잘 자거라 우리 아가,

세상에서 가장 욕심 없는 그 노래를 들으며
나는 우주의 숨결 따라 깊은 잠이 들었으니

세상에서 가장 평온하고 아름다운 모습, 세상에서 가장 예쁘고 사랑스런 모습 그게 무얼까 생각해 본다. 그건 아마도 결혼을 해서 아기를 낳고 키워본 사람들이라면 누구나 알 것이다. 아기가 이마에 송글송글 땀이 맺힌 채 열심히 젖을 먹는 모습이다. 그러다 배가 불러 오는지 그만 쌔근쌔근 잠이 든다. 이 때의 아기 모습은 천사 그 자체다. 물론 그 모습을 바라 보는 엄마 역시 최고의 행복감에 젖어 있지 않을까? 이는 아기를 낳아 키워 본 엄마만이 느낄 수 있는 행복이고 선물일 것이다. 아기를 낳아서 길러 본 엄마라면 누구나 그 순수하고 천사 같은 아기의 모습이 살며시 떠오를 것이다.

젊은 시절 그런 아기가 잠자는 것을 본 친구가 "아 나도 빨리 저렇게 예쁜 아기 하나 낳고 싶다"고 아주 부럽게 말하는 소리를 들은 적이 있다. 그렇게 가장 예쁘고 사랑스런 아기의 모습을 본 엄마는 그때가 가장 행복하다고 한다. 인간에게는 사육의 기쁨이란게 있어서 아기가 이마에 땀방울을 송송 맺혀가면서 젖을 먹는 모습을 바라볼 때 자신의 몸 속에서 가장 영양가 있는 젖이 빠져 나가는데도 오히려 더 행복한 느낌이 든다는 것이다. 그건 엄마이기 때문에 그렇고 바로 인간이 원초적으로 갖고 있는 사육의 기쁨이라는 것 때문이기도 하다. 그 순간 엄마는 자신도 모르게 입가에 미소를 머금으면서 잠시 행복감에 젖기도 한다.

박노해, 일찍이 얼굴 없는 시인으로 유명한 그가 이런 글을 썼다. 1957년 전남 함평에서 태어나 16세 상경한다. 낮에는 노동자로, 밤에는 선린상고에 다니고 1964년 시집 『노동의 새벽』을 출간했다. 이 책은 군사독재하에서도 무려 100만부가 팔리면서 당시 잊혀지던 천만 노동자의 목소리가 되고 젊은 대학생들을 노동현장으로 뛰어들게 하면서 한국사회와 문단에 큰 충격을 주게 된다.

당시에 감시를 피해 사용한 박노해의 필명은 '박해받는 노동자의 해방'이란 뜻으로 이 때부터 얼굴 없는 시인으로 활동 한다. 그가 사노맹에 연루되어 7년 6개월 수감 후 석방되고 민주화운동 유공자로 복권되었으나 과거를 팔아 오늘을 살지 않겠다며 보상금을 거부하고 2000년 생명 평화 나눔을 기치로 한 사회운동단체 나눔 문화를 설립했다. 그러면서 이라크, 중동, 아시아, 중남미 등을 다니면서 가난과 분쟁현장에 평화활동을 해왔다.

낡은 흑백카메라로 기록해온 사진을 모아 2010년 첫 사진전(세종문화회관)을 열고 그 사진과 함께 에세이집 다른 길을 출간했다. 따라서 오늘도 국경 너머 고통과 슬픔을 끌어안고 삶의 공동체인 나눔 농부마을을 세워가며 새로운 사상과 혁명의 길을 걸어가고 있다. (이상 다른 길에 수록된 박노해 요약) 그는 2020년 까지 18번째 사진전을 열었다.

여기에 소개된「자장자장 우리 아기」는 에세이집 다른 길(2014)에 수록된 작품이다. 비교적 어렵게 사는 나라이면서 공식적인 지도에 잘 나와 있지 않은 마을을 찾아 사진을 찍고 자신의 길을 찾아다니며 쓴 유랑노트 속의 글들이 진솔하게 다가온다.

어렵게 사는 사람들 속에서 건진 흑백 사진들 그 사진 중에도 엄마 품에 안겨 잠이든 아기는 밤의 무서움도 비바람 몰아쳐도 두렵지 않음을 표출시키고 있다. 그건 바로 무엇보다 따뜻한 엄마의 품에 포근히 안겨 있기 때문이다. 그러면서 세상에서 가장 욕심 없는 노래 엄마의 자장가를 들으

며 곤히 자는 아가의 평화스런 모습을 전하면서 박노해는 우리 사회가 또 전 세계가 안고 있는 자기만의 욕심, 그 욕심에서 나오는 갖가지 부작용들을 보고 부끄러워하고 정화시켜 나가도록 우리 사회에 경각심을 주는 메시지를 전달하고자 했을 것이다.

본인 스스로 민주화운동보상금을 거부하고(민주화 운동에 해당되지 않으면서 민주화유공자라고 보상금을 받는 사람들과는 너무나 대조적이지 않을까) 나눔 농부마을을 세워 조용히 주변정화운동을 계속하고 있는 그는 글과 사진을 병행하면서 우리 사회에 끝없는 평화의 메시지를 전해주고 있다. 그의 평화나누기에서 말하듯 더 좋은 사람이 되고, 폭력 앞에 비폭력으로, 그리고 따뜻이 평화의 씨앗을 눈물로 심어 가는 것이라고. 아울러 그의 평화나누기 운동이 잘되기를 기도한다.

이해인

나를 키우는 말

행복하다고 말하는 동안은
나도 정말 행복해서
마음에 맑은 샘이 흐르고
고맙다고 말하는 동안은
고마운 마음
새로이 솟아올라
내 마음도 더욱 순해지고
아름답다고 말하는 동안은
나도 잠시 아름다운 사람이 되어
마음 한 자락 환해지고
좋은 말이 나를 키우는 걸
나는 말하면서
다시 알지

옛부터 어른들이 말씀하시기를 말하는 대로 된다는 얘기가 있다. 늘 긍정적으로 말하는 사람들 보면 정말 말대로 되는 것 같고 늘 부정적으로 말하는 사람 곁에 가보면 항상 모든 것들이 못 마땅하고 부정적이어서 그런지 잘 되는 일이 별로 없다. 설사 잘 된다 해도 그것조차 요행이 되었다 하며 부정하려 든다. 아마도 그런 부류의 사람들은 남들이 잘 안 되는 것을 보는 것이 좋아서일까? 어쨌든 우리는 일상생활 속에서 가능하면 모든 것을 부정적으로 말하는 것보다 긍정적으로 말하는 것이 자기 성장 내지는 성공의 가능성이 많지 않을까 생각한다.

노래도 그렇다. 우연의 일치인지는 모르지만 가수 배호나 김광섭도 슬픈 노래를 많이 해서 요절했다고 한다. 우연의 일치여서 그렇지 꼭 그렇지는 않을 것이다. 그러나 분명한 것은 슬프고 어두운 노래를 많이 할수록 노래라고 해도 마음이 가라 앉고 무거워짐은 어쩔 수 없는 일이다. 그래서

일까. 가능하면 밝고 진취적인 노래를 하라고 권장하고 싶다. 그래야 마음이 밝고 희망이 생기기 때문이다.

동반 상승이란 말이 있다. 효孝하고도 관련된 이야기 중 하나인데 부모에게 효하는 것에는 여러 가지가 있는데 그 중 나이가 들어 끝까지 잘 모시고 사는 것도 효하는 것이지만 자식이 입신양명 하는 것, 다시 말하면 자식이 잘 되어 이름을 널리 알리는 것, 좋은 일로 훌륭한 일로 세상에 널리 알려져서 다른 사람의 모범이 되고 선망의 대상이 될 때 이 또한 효의 하나라고 한다. 우리는 자식은 물론 가까운 친구나 직장 동료가 잘 되었을 경우에도 나의 입지가 으쓱해지고 기분 좋은 경우가 있다. 그런데 하물며 자식이 잘되어 세상에 널리 알려졌으니 부모입장에서 어찌 어깨가 으쓱해지고 자랑스럽지 않겠는가?

이것이 바로 동반 상승이라는 거다. 위에서 말 한 예들이 나에게 적용되어 내 기분 또한 좋아진다면 그건 행복이다. 행복하다고 말하면 정말 나도 행복해진다는 것이다. 그게 바로 말대로 된다는 것 중의 하나다. 우리들이 어려웠던 시절 가난을 극복하려고 내 세웠던 말 중의 하나가 하면 된다 였다. 당시 대통령이었던 그분(박정희 대통령)은 '어제도 오늘도 내일도 하면 된다'라고 부르짖었는데 바로 이 긍정적인 한 마디가 부자나라를 만들기 위한 첫 걸음이 되었고 그 후 3, 40년이 지나고 정말 우리나라는 경제적으로 세계 최하위의 빈곤한 나라에서 최상위에 속하는 나라가 되었다. 그래서 이를 두고 모두 기적 같은 일이 벌어졌다고도 하고 한강의 기적이라고도 한다. 그러나 그 저변에는「하면 된다」라는 긍정의 힘이 뒷받침이 되었음을 알아야할 것이다.

따라서 이 시에서 행복하다고 말하는 동안 정말 행복하고, 고맙다고 말하면 정말 고마운 마음이 든다는 것과 일맥상통하는 것이라고도 생각한다.「하면 된다」라고 하는 것은 일종의 자기 암시방법 중의 하나인데 자기 암시 방법을 잘 활용한 사람 중의 하나가 에디슨이다. 에디슨은 약 1,000번의 실패를 하면서도 마침내 전구를 발명하여 인류가 전기 시대를 여는 위대한 업적을 이룰 수 있었다. 이것은 꼭 될 거다라는 끝없는 자기 암시를 통해서 반복적인 실험을 계속했기 때문이다. 이런 자기 암시를 통해 실패를 성공으로 이끈 사람들은 수없이 많다. 철강왕 카네기나 석유왕 록펠러, 그리고 고집으로 망한다고 했던 스티브 잡스 역시 그렇다.

대학입시나 각종 공무원 시험 또는 교원 임용시험이나 최근 유행하는 공인중개사 시험까지 우리 주변엔 수 없이 많은 시험들이 있어 합격의 기쁨과 실패의 아픔을 겪는다. 이 때 실패를 한 사람들에게 권장하고 싶은 게 하나 있다. 인간에게는 생체리듬이란 것을 갖고 있어 집중력이 좋을 때 일이나 공부에 몰입하는 훈련을 하면 좋다고 하는 방법을 해 보는 거다. 그럴 때 그에 앞서서 위에 제시한 나를 키우는 시 한 편을 조용히 또는 소리 내어 음미하며 읽어 보고 시작한다면 마음의 여유를 주기도 하고 기분전환에도 도움이 될 것이라고 생각한다.

그래서 시험으로부터 오는 불안감 보다는 이 긍정적인 마인드를 갖고 임하게 함으로서 하면 된다는 긍정의 마인드가 자신에게 행복감을 가져다주는 계기가 되도록 하는 거다. 최근 유재석과 이적이 부른「말하는 대로」란 노래 역시 그런 차원의 이야기가 아닐까. / 말하는 대로 말하는 대로 될 수 있다고 될 수 있다고 그대 믿는다면 / (이상 유재석과 이적의 노래 가사 중 일부) 위에 소개한 시에서 말하듯, 말하는 그대로 행복하다해서 행복해지고 고맙다 해서 고마워지고 아름답다 해서 아름다워지며 그렇게 함으로써 좋은 말이 나를 키운다는 것을 나 스스로 알아가면서 이 짧은 시 한 편

이 주는 따뜻함이 읽는 이에게 축복이 있기를 기도한다. 물론 이 속에는 부단한 자기 노력이 함께 해야 된다는 원칙이 뒤따른다는 것을 인식하면서.

송수권 —

젊은 날의 초상

위로받고 싶은 사람에게서 위로 받는
사람은 행복하다
슬픔을 나누고자 하는 사람에게서 슬픔을
나누는 사람은 행복하다
더 주고 싶어도 끝내
더 줄 것이 없는 사람은 행복하다
강 하나를 사이에 두고 그렇게도 젊은
날을 헤매인 사람은 행복하다
오랜 밤의 고통 끝에 폭설로 지는 겨울밤을
그대 창문의 불빛을 떠나지 못하는
한 사내의 그림자는 행복하다
그대 가슴속에 영원히 무덤을 파고 간 사람은
더욱 행복하다
아, 젊은 날의 고뇌의 방황이여

청춘! 이는 듣기만 하여도 가슴이 설레는 말이다 / 너의 두 손을 가슴에 대고 물방아 같은 고동소리를 들어 보라 / 청춘의 피는 끓는다. 끓는 피에 뛰노는 심장은 거선의 기관과 같이 힘있다 -이하 중략- 청춘은 인생의 황금시대다. 우리는 이 황금시대의 가치를 충분히 발휘하기 위하여, 이 황금시대를 영원히 붙잡아 두기 위하여, 힘차게 노래하며 힘차게 약진하자. (민태준 청춘예찬 / 중등국어교과서에 실림) 위의 글은 중학교 국어 교과서에 실린 수필가 민태준의 청춘예찬이다. 나는 이 글을 참 좋아한다. 중학교 국어 선생님이 반드시 외워야 한다 해서 그 때 외운 덕분에 지금까지 흥얼거리게 되었다. 살아가면서 좋은 문장을 만나는 것은 행복이다. 이 글은 그동안 내가 잠시 게으름을 피게 되면 슬며시 떠올려지며 이 청춘의 황금시대에 무슨 게으름이냐라고 채찍하는 소리를 듣는 것 같아 다시 정신을 차리고 앞을 바라보며 걷곤 했다. 청춘의 최대 무기는 뭐니 뭐니 해도 도전, 모험, 열정이다. 그러나 이에 못지않게 상처, 좌절, 고민, 아픔 등이 함께 한다. 그러니 청춘은 반드시 이를 이겨 나가야 한다. 왜냐하면 아직도 갈 길이 멀고 젊음이 있어 해야 할 일이 많기 때문이다.

아, 젊음, 세월이 흐르고 보면 인생에 있어 그 젊었던 순간순간들이 너무나 소중했었다는 것을 다시 깨닫게 된다. 누구나 소중하게 귀하게 여겨 나름대로 보람된 시간을 가졌겠지만 난 늘 무언가 부족함을 느끼며 그 보석 같았던 젊은 날들에 최선을 다하지 못했음에 후회를 한다. 과연 나는 얼마만큼 도전했고 모험했고 열정적인 삶을 살았던가 하고 뒤 돌아보며. 그러나 누가 그랬던가. 늦었다고 생각할 때가 가장 빠른 것이라고. 그래서 지금이라도 이만큼

청춘! 이는 듣기만 하여도 가슴이 설레는 말이다 /
너의 두 손을 가슴에 대고 물방아 같은 고동소리를 들어 보라 /
청춘의 피는 끓는다. 끓는 피에 뛰노는 심장은 거선의 기관과 같이 힘있다

나이를 먹었음에도 순간순간이 소중해서 시간을 소중히 하며 아껴 쓰고, 쪼개 쓰고 나에게 주어진 것들에 대해 열심히 하려고 한다. 그렇다고 젊은 날을 방황하고 서성이며 보낸 것들이 반드시 불행한 것은 아니라고 생각한다. 왜냐하면 젊은 날의 방황했음을 지금이라도 깨달을 수 있어 그것이 현재 땀 흘려 열심히 살아가는 바탕이 될 수 있기 때문이기도 하다. 이 시에서 말하듯 젊은 날을 헤매인 사람은 행복하다 / 아, 젊은 날의 고뇌의 방황이여 // 라고 끝맺는 이 글을 보고 나도 위로를 받는다. 이 시인은 방황했던 젊은 날도 소중했고 그러기에 지금 그걸 느낄 수 있어 행복하다고 말한다. 그러나 젊은 날이 지났으니 난 이제 틀렸다고 생각해선 안 된다. 일찌기 새뮤얼 울만은 청춘이란 시에서 '청춘이란 인생에 있어 어떤 기간이 아니라 마음가짐'이다 라고 하지 않았던가. 그러면서 나이가 들어 늙는 것이 아니고 이상을 잃어 늙는 것이라고 했다. 그리고 예순이든 열여섯이든 사람의 가슴속에는 경이로움에 대한 선망, 미지에 대한 탐구심 삶에 대한 즐거움 같은 것있다네 // 라고 노래했다. 그가 이 시를 지었을 때는 78세의 나이였고 맥아더장군도 나이를 먹어서는 청춘이란 이 시를 매일 암송했다고 한다.

시인 송수권, 그는 순천사범학교를 거쳐 서라벌예대 문예창작과를 졸업, 문학사상에 『산문에 기대어』로 시부문 신인상으로 당선되어 등단했다. 전통적 서정과 역사성을 접목한 시로 또 남도의 특유한 토속어를 사용하여 우리민족이 갖고 있는 한을 승화시키는 작품을 발표한다는 평을 받았다. 또한 역사성과 민족 재생의 의지를 담은 작품들도 발표하여 독자들의 많은 호응을 얻고 있다. 시집 『산문에 기대어』를 비롯하여 열권 이상의 시집을 출간, 지금은 고흥군에서 송수권 문학상을 제정하여 송수권 시인의 문학을 기렸는데 2020년도에는 무슨 이유에서인지 중단되었다고 한다. 올해부터는 다시 송수권 문학상이 살아나기를 기원하며 우리 모두 이 젊은 날의 초상처럼 시를 통하여 코로나19로 움츠려 있는 분위기에서 힘 있게 벗어 날 수 있도록 자신에게 격려하고 자신에게 용기를 주고 자신에게 위로하며 자신에게 응원을 보내도록 하자고 주먹을 불끈 쥐어 본다. (2023년 송수권 문학상이 부활되었다고 함)

2
세월이 가면

양단 몇 마름

시집 올 때 가져 온 양단 몇 마름
옷장 속 깊이 깊이 모셔 두고서
생각 나면 꺼내서 만져만 보고
펼쳐만 보고, 둘러만 보고

석 삼년이 가도록 그리다가
늙어지면 두고 갈 것 생각 못하고
만져 보고, 펼쳐 보고, 둘러만 보고

이 글을 읽다보면 아련한 흑백사진 한 장이 떠오른다. 지금 보다는 조금 오래전 우리 어머니들의 새색씨적 빛바랜 사진, 그리고 가마타고 시집가는 영화 속의 한 장면 내지는 시집 올 때 가지고 온 양단치마와 저고리 감을 만져보고 다시 농속 깊은 곳에 넣어 두고를 반복하는 장면, 어떻게 보면 참 섬세하고 사실적인 분위기를 떠 올리게 하는 시 한 편이다.

정태춘은 시인이라기보다 1970년대에 나온 가수다. 그의 노래엔 우리 것들에 관한 이야기가 많다. 그는 노랫말을 쓰고 작곡하고 노래를 부르는 가수다. 그가 쓴 수많은 노랫말 중에 이 「양단 몇 마름」이란게 있는데 이것은 옛날 여자들이 시집 갈 때에 필수적으로 가지고 가던 혼수감 중의 하나다. 나이든 사람이라면 누구나 기억 할 수 있지 않을까? 우리들의 부모님들은 지금과 달리 혼수감 속에 필수적으로 양단, 공단을 비롯해서 이불 몇 채, 소청 몇 필, 버선, 몇 결래, 앞치마, 속옷 등 여자들이 시집가서 쓸 것들을 한 보따리, 두 보따리 해서 보냈다. 동네에선 시집온 새댁이 얼마나 해왔는지 구경 오곤 했다. 시집온 새댁은 그것을 농속에 고이고이 두고서 하나씩 둘씩 꺼내어 쓰곤 했다. 지금이야 홈쇼핑이나 시장, 또는 마트에 가면 얼마든지 살 수 있게 되었지만 당시만 해도 한보따리 해가지고 와서 새로 산 농속에 고이고이 쌓아놓고 하나씩 둘씩 아껴써야 마음이 편했기 때문일 것이다.

우리나라 사람들은 누구나 할 것 없이 대부분 자기에게 주어진 물건들을 아껴 쓰는 습성이 있다. 그건 아마도 오랫동안 어렵게 살아 왔던 우리 조상들이 아껴쓰는 생활습관 때문에 그렇지 않을까. 그런 DNA를 받은 연유에서인지 여기 이 시 속에 바로 그런 이야기가 있다. 혼수로 가져 온 양단을 / 옷장 속 깊이깊이 모셔 두고서 / 펼쳐만 보고, 둘러만 보고 / 그러니까 아까워서 기회만 되면 꺼내 보기만 하고 아까워서 차마 가위를 들고 잘라내지 못하는 마음을 볼 수 있다. 그러다가 결국 세월이 흐르고 늙어 지면 쓰지도 못하고 두고 갈 것을 생각도 못하고 // 만져 보고, 펼쳐 보고 둘러만 보고 // 그러다가 홀연 떠나는 사람의 마음, 나중에 쓰지도 못하고 두고 갈 것을 뻔히 알면서도 그걸 아끼고 아끼던 우리 부모님들의 한 단면을 보는듯 하다.

우리 조상들이나 부모님들은 하나 같이 아끼는 것이 생활화되어 있었다 해도 과언이 아니다. 70년대 새마을 운동이 한 창일 때였다. 우리는 수업을 끝내고 가정 방문을 나가 쌀 절약을 위해 마을의 집집을 방문하면서 계몽하고 다녔다. 그건 부엌에 있는 밥솥 옆에 작은 단지를 하나 놓고 밥할 때마다 그날 먹을 쌀의 양에서 한 수저 또는 두 수저씩 작은 항아리나 단지에 덜어놓고 밥을 하도록 하는 것이었다. 그때만 해도 우리나라엔 식량이 부족한 상황이었기 때문에 전국적으로 일어났던 새마을운동을 통하여 쌀 절약운동을 펼쳤던 것이다. 그 뒤 볍씨 개량으로 통일벼를 심으면서 점차 쌀의 자급자족시대가 열리기 시작했던 것이다.

아마도 지금의 초, 중, 고등학생들이 불과 3, 40년 전만 해도 그랬다하면 믿을는지. 지금은 물질적으로 풍요로운 시대가 되어 우리의 부모님, 할머니, 할아버지들이 허리띠를 졸라매어 열심히 아끼고 저축하여 이만큼 이루어 놓은 것에 감사해야 할 건데 그러질 못하는 것 같아 아쉽기만 하다.

옛부터 절약과 검소는 임금의 덕목 가운데 가장 으뜸이 된다 했는데 당시에 우리 대통령은 그걸 몸소 실천하였고 온 나라 국민들에게도 실천하도록 힘썼던 것이다. 일찍이 공자와 주자가 논하는데 주자가 말하길 "문왕께서는 거친 옷을 입고서 백성을 편안히 하고 백성을 먹여 살리는 일에 힘을 썼습니다."라고 했다. 중국의 왕 이야기이나 임금이라면 당연히 해야 할 일을 말한 것이다. 그 임금이 효문황제였는데 그는 귀하기로는 천자이고, 부유하기로는 온 세상을 소유했으면서도 몸에는 검은 명주와 낡은 솜으로 무늬 없는 옷을 입었다고 한다. 임금의 솔선수범을 백성이 따르도록 한 것이다. 전에 대통령을 쫓겨 났던 필립핀 대통령 부인 이멜다가 옷이 수천벌에 구두가 3천켤레였다고 보도한 신문기사를 읽은 적이 있는데 이쯤 되면 대통령이나 그 부인이나 안팎에서 얼마나 국민들의 고혈을 빨아 먹었을지 짐작이 가고도 남는다. 이는 다른 나라의 얘기이지만 우리 또한 귀감으로 여겨야 되지 않을까 한다.

요즘 가끔 카톡을 받는 내용 중엔 위와 같이 절약하는 마음의 정반대 이야기가 들어 있다. 공통적인 내용 중의 하나가 현재 가지고 있는 것들을 건강할 때까지 모두 쓰고 가라는 내용이다. 떠난뒤 자식들이 남은 것을 가지고 어떻게 하

든 미리 다 주면 안 된다는 것, 내가 벌은 것이니 내가 가 다 쓰고 가는 것이 맞다는 얘기이나 어디 부모 마음이 그런가. 위에서 말했듯 조상으로부터 물려 받은 DNA가 식량은 물론 전기, 가스, 물 모든 것을 절약하는 것에 생활화가 되도록 했으니 쓰는 것이 서툴 수 밖에 없다. 어떻게 생각하면 아주 현실적인 내용이지만 그만큼 지난 세대와 현 세대와 생각의 차이가 현저하게 난다는 얘기이기에 조금 씁쓸한 생각이 든다고나 할까.

탕약湯藥

눈이 오는데
토방에서는 질화로 우에 곱돌탕관에 약이 끓는다
삼에 숙변에 목단에 백봉령에 산약에 택사의 몸을 보한다는 육미탕六味湯 이다
약탕관에서는 김이 오르며 달큼한 구수한 향기로운 내음새가 나고
약이 끓는 소리는 삐삐 즐거웁기도 하다

그리고 다 닳인 약을 하이얀 약사발에 밭어놓은 것은
아득하니 깜하야 만년萬年 옛적이 들은 듯한데
나는 두 손으로 고이 약그릇을 들고 이 약을 내인 옛 사람들을 생각하노라면
내 마음은 끝없이 고요하고 또 맑아진다

탕湯이라는 이름을 가진 우리 음식은 참 여러 가지가 있다. 우선 설렁탕, 갈비탕, 곰탕, 우거지탕과 같이 우리 음식의 핵심적 역할을 하는 것인데 이것들의 특징은 오랫동안 정성을 들여 끓여 우려내는 데 있고 그러는 동안 그 음식에서 오는 냄새가 구미를 당기게 한다. 이를 음식문화의 하나라고도 할 수 있는데 추운 날 따뜻한 곰탕 한 그릇을 깍뚜기 하나로 한 그릇 하고 나면 몸이 따뜻해지고 기운이 솟는 느낌도 난다.

윗글은 한약을 달여 먹는 우리의 전통적 탕약문화의 한 풍경을 시로 나타낸 글이다. 우리 집은 내가 어렸을 때 어머니가 편찮으셔서 늘 탕약이 끊이질 않았다. 읍내에 있는 한의원에 가서 꼭 탕약을 지어 오곤 했는데 한의사 선생님은 갈 때마다 한약재 하나하나를 작은 추가 있는 저울로 일정한 양을 달은 뒤 네모진 한지에 여러 가지 약재를 넣고 규칙적으로 예쁘게 접어 정성스럽게 싼 뒤에 약 봉지 앞면에

붓으로 약 이름을 한문으로 써 주셨다. 그리고 한줄 내지는 두 줄로 약을 한 첩 한 첩 포개어 쌓은 후 종이로 가늘게 꼬아 만든 끈을 열십자로 예쁘게 묶는다.

그리고 제일 위쪽에는 들고 가기 좋게 손가락 하나 둘 들어 갈 수 있게 고리를 만들어 주었다. 집에 오면 바로 화롯불에 약탕기를 올려 약을 다리기 시작하는데 반드시 숯으로 해야 은근한 불이 되어 약기운이 제대로 우러나온다. 그래야 약효가 좋다했기 때문이다.

윤기 나는 약탕기에 약을 쏟아 넣고 물을 알맞게 부은 다음 남은 약 종이로 약탕기 위를 덮고 가장자리를 돌아가면서 살짝 비틀어 돌림질을 하여 봉한 후 은근한 불에서 약을 달이는데 약물이 넘치지 않고 수증기만 증발되도록 해서 약기운이 그대로 남도록 했다. 그래서 옛 사람들은 약은 달이는 사람의 정성이 있어야 그 효과를 제대로 볼 수 있다고 했다. 그러나 지금은 참 편한 세상이 되어 그런 모습은 옛날 영화 속의 한 장면에서나 볼 수 있는 것이 되어 버렸다. 지금은 모든 것이 자동화 되어 한약방에서 아예 약을 달여 주어서 집에서 약을 달이는 것은 정말로 영화 속의 한 장면으로만 남게 되었기 때문이다.

이 시의 2연에서 보면 한약을 달이는 과정을 비교적 실감 있게 다루었는데 이 시인은 한약을 몸소 달였거나 달이는 과정을 주의 깊게 살펴보고 이 시를 썼을 것이다.

약을 달이면서 그 냄새를 향으로 인식하고 약이 보글보글 끓는 소리조차 즐거웁다 하니 이 약을 달이는 사람은 필경 효자 아니면 효녀이리라. 그것도 반들반들 빛나는 곱돌 약탕관에 약봉지를 털어 넣고 봉한 뒤 이마에 살짝 흐르는 땀을 한쪽 손으로 살짝 쓸어 올리며 부채로 살살 부쳐 가면서 약을 달이는 모습을 상상 해 보면 어쩌면 그것은 가장 한국적 풍경의 한 모습이 아닐까? 더구나 약을 달이는데 약탕관에서 삐삐 소리가 난다니 그건 아마도 내 경험에 의하면 약을 달이다 보면 귀퉁이를 돌아가면서 약탕기를 봉한 한지가 수증기의 압력에 의해 어느 한 부분이 살짝 떠서 틈이 생기는데 그 때 거기에서 새어나오는 김이 빠져나오는 강도에 따라 나는 소리가 각각 다르게 나타난다.

약을 달이는 순간만이 가져 올 수 있는 최고의 자연음 이라할까? 이 시를 지은 백석은 이 작은 순간 아주 작은 부분

한약을
달여 먹는
우리의 전통적
탕약문화의
한 풍경을
시로 나타낸
글이다.
우리 집은
내가 어렸을 때
어머니가
편찮으셔서
늘 탕약이
끊이질 않았다.
읍내에 있는
한의원에 가서
꼭 탕약을
지어 오곤
했는데
……

까지 그냥 넘기지 않고 시의 한 구절로 승화시킨 것이다.

또 하나 약을 달인 후에는 하얀 사기대접에 약을 짜서 환자에게 주게 되는데 그 때 하얀 사기대접에 들어앉은 까만 액체의 모습을 보면서 이 시인은 옛적 그리고 만년萬年이란 단어를 썼다.

이 말은 이런 흑백의 조화가 아주 까마득하게 오래전부터 전해왔던 우리 인류의 전통, 지혜, 신비 그 모든 것들이 함축되어 있는 듯한 느낌을 갖게 한다. 바로 탕약이 갖고 있는 인고의 지혜와 효능을 말하는 듯 한데 우리 조상들의 탕약문화로 연결시켜 보는 좋은 기회이기도 하다. 뭐니 뭐니 해도 백석 시의 특징은 우리나라, 자기가 살 던 고장의 토속어를 많이 씀으로써 자기고장 나아가 우리나라 우리 겨레를 끔찍이 아기고 사랑했다는 것을 이 시에 나타난 언어로, 다시 말하면 토속어로 대변하고 있다는 것이다. 그래서 나는 "우리 것이 최고여"라는 말을 이 시의 말미에 붙이고 싶다.

함석헌

그 사람을 가졌는가

만리 길 나서는 길
처자를 내맡기며
맘 놓고 갈 만한 사람
그 사람을 그대는 가졌는가?

온 세상이 다 나를 버려
마음이 외로울 때에도
'저 마음이야' 하고 믿어지는
그 사람을 그대는 가졌는가?

탔던 배 꺼지는 시간
구명대 서로 사양하며
'너만은 제발 살아다오' 할
그 사람을 그대는 가졌는가?

불의의 사형장에서
'다 죽여도 너희 세상 빛을 위해
저만은 살려 두거라' 일러 줄
그 사람을 그대는 가졌는가

잊지 못할 이 세상을 놓고 떠나려 할 때
'저 하나 있으니' 하며
빙긋이 웃고 눈을 감을
그 사람을 그대는 가졌는가

온 세상의 찬성보다도
'아니' 하고 머리 흔들 그 한 얼굴 생각에
알뜰한 유혹을 물리치게 하는
그 사람을 그대는 가졌는가

오래전 어느 책에서 읽은 구절이 하나 생각난다. 한평생 살다가 죽을 때 한 명의 진정한 스승과 열 명의 진정한 친구, 백 권의 좋은 책을 기억할 수 있다면 성공한 삶이다 라고 쓴 글귀다. 함석헌 선생님이야 한 분쯤은 그런 분이 있을지 모른다. 그러나 죽기 전 열 명 정도의 진정한 친구가 파노라마처럼 스쳐갈 수 있을까? 그것도 글쎄다. 그래서 정말 있다면 이란 가정법을 써서 정말로 있다면 성공한 삶이라 할 수 있다는 거다. 여기에 함석헌 옹은 바로 그 사람을 가졌는가? 라는 시로 대답을 하고 있다. 결론부터 말하면 진정한 친구 열 명, 기억할 수 있다는 것과 백 권의 책을 죽을 때 기억할 수 있다는 것, 그건 정말 어려운 일이 아닐까? 누가 그 질문에 자신 있게 대답 할 수 있을까? 그렇다면 과연 나는 지금까지 누구에게 진정한 친구가 되어 주었던가? 아니면 내게 그런 친구가 있다고 자랑스럽게 말할 수 있는가? 나는 진정 그 친구를 위해 무엇을 했었던가? 하고 생각해 볼 일이다.

고사성어에 남아수독오거서男兒須讀五車書란 말이 있다. 사내라면 모름지기 다섯 수레에 실을 만큼의 책을 읽어야 한다는 뜻인데 다독多讀을 권장하는 말 중의 하나다. 당唐나라 시인 두보杜甫의 시 '백학사의 초가집을 지나며 짓다(題柏學士茅屋)'에서 유래한 말이라 하는데

> 푸른 산의 학사가 은어를 불태우고, 백마 타고 달려가 산야에 은거하였네 [碧山學士焚銀魚 白馬卻走深岩居]
>
> 옛 사람은 삼년 겨울 독서에 자족하였는데, 그대 젊은 나이에 만여 권을 읽었구나 [古人已用三冬足 年少今開萬卷餘]
>
> 맑은 하늘에 초가집 위엔 구름이 뭉게뭉게, 가을 물은 섬돌 가득 도랑으로 넘치네 [晴雲滿戶團傾蓋 秋水浮階溜決渠]
>
> 부귀는 반드시 부지런히 힘써야 얻는 것이고, 남아는 모름지기 다섯 수레 책을 읽어야 하지[富貴必從勤苦得 男兒須讀五車書]
>
> (고사성어집)

에서 보는 것처럼 모름지기 다섯 수레의 책을 읽었다면 혹시 그 많은 책 가운데 백여권의 책 정도는 머릿속에 남지 않았을까? 그렇지 않고서야 죽을 때 백여권의 책을 술술 생각해 낼 수 있다는 것은 결코 쉬운 일이 아니라고 본다.

1958년 함석헌은 장준하가 발행하던 《사상계》에 「생각하는 백성이라야 산다」라는 글을 써서 옥고를 치르게 되었

다. 유신정권이 들어서서는《씨알의 소리》를 발행하여 군사정권에 맞서기도 했다. 윤보선, 김대중씨와 더불어 민주회복 국민회의를 만들고 1971년에는 3·1 민주구국선언에 참여하여 또 한번 옥고를 치렀다. 한 때는 감옥을 대학이라 부를 정도로 들락거렸으며 광주민주항쟁 때는《씨알의 소리》가 폐간 되는 아픔도 겪었다.

함석헌은 성서뿐만 아니라 동서양의 각 고전을 섭렵하여 자신의 사상으로 소화하여, 씨알사상이라는 비폭력, 민주, 평화 이념을 제창하기도 하였다. 비폭력주의 신조로 말미암아 '한국의 간디'라는 별명을 가지고 있기도 하다. 사회평론뿐만 아니라《도덕경》등의 각종 동양 고전을 해석하기도 했고, 시를 창작하기도 했다. 1989년 서울대학교 병원에서 입원, 그는 담도암 수술을 받고 1989년 2월 4일에 여든여덟의 나이로 세상을 떠났다.

함석헌은 시집도 발간했는데 첫 시집인『수평선 너머』의 서문에 쓴 글을 보면 "나는 시인이 아니다. 의사를 하려다 그만두고, 미술을 뜻하다가 말고, 교육을 하려다가 교육자가 못되고, 농사를 하려다가 농부가 못되고, 역사를 연구했으면 하다가 역사책을 내 던지고 성경을 연구하자 하면서 성경을 들고만 있으면서, 집에선 아비노릇 못하고, …… 어부라면서 고기는 한 마리도 잡지 못하는 사람이 시를 써서 시가 될 리가 없다. 나는 내 맘에도 칼질을 했을 뿐이다. 그것을 님 앞에 다 받칠 뿐이다."라고 썼다.

시집의 서문이 아주 겸손하다. 함석헌을 잘 아는 분의 얘기로는 함석헌이 남긴 님을 향한 노래, 님을 위한 노래는 그의 생애를 다룬 것이라고 한다. 그는 종교가이면서 혁명가, 사상가이면서 시인이었다. 그러면서 세상과 교회를 혁신하기 위해 목소리를 높이고 외쳤던 것이다.

함석헌이 평생 민주화 운동을 하고 비폭력 평화 이념을 제창하고 사는 동안 누구보다 외롭고 고독했고 가정은 본의든 본의가 아니든 등한시 할 수 밖에 없었을 것이다. 그런데 마침 그때 그때마다 자신의 가족을 알게 모르게 돌 봐주던 고마운 사람들도 있었을 것이다. 그러기에 그는 어느 날 자신을 돌아보는 길목에서 고마운 그 사람들이 한꺼번에 떠올랐을 것이다. 그 순간 펜을 잡으며 함석헌은 바로 그 사람을 가졌는가라는 시를 통해서 그 고마운 마음을 나타낸 것이 아닐까. 바로 이 시는 그가 팔십 오년이란 질곡의 세월을 살아오는 동안 그 순간순간 도움을 주었던 그 고마운 사람들을 생각하며 쓴 글일 것이다. 참 고맙고 고마운 사람들 만세다.

난초 내 모습

하늘거리는 창가의 난초
가지와 잎 그리도 향그럽더니

가을바람 잎새에 한 번 스치고 가자
슬프게도 찬 서리에 다 시들었네

빼어난 그 모습은 이울어져도
맑은 향기만은 끝내 죽지 않아

그 모습 보면서 내 마음이 아파져
눈물이 흘러 옷소매를 적시네

조선시대로 거슬러 올라가본다. 이때 여인들은 이름이 없었다. 불과 기백 년 전의 일이다. 그나마 이름이 있었던 것은 기생들이었다. 그것도 노리갯감으로 불리기 위해서 붙여졌던 이름이 대부분이다. 하긴 내가 어렸을 때만해도 우리 동네 여자들 이름이 끝순이(여자형제 중 제일 끝에 났다고), 말순이, 언년이, 간난이, 큰년이 등의 이름이 많았다. 그러면서도 집안의 족보에는 이름이 올라가지도 않았다. 생각해보니 일생동안 살면서 이름 하나 어디에 써 놓지도 못하고 살다가 죽는 것이 여자였다. 어디 그 뿐이야. 지독한 유교 사상으로 인해서 여자는 삼종지도三從之道를 따라야 했고 칠거지악(七去之惡 - 여자를 내쫓을 수 있는 일곱가지 잘못) 때문에 평생을 남자에게 매어 지내야 했던 것이다.

그러데 이렇게 엄한 비인간적인 시대에 살면서 이름은 물론 자와 호까지 지니고 살던 여자가 있었으니 그가 바로 홍길동전을 지은 허균의 누이, 어려서부터 글재주가 뛰어나 글신동이라 불리우던 허초희, 허난설헌이다. 이 어찌 대단하지 않다 할 수 있으리오. (우리나라는 한일 합방이 되면서 본격적으로 여자들 이름이 호적에 오르기 시작하였다. 이 때 여자들 이름의 대부분은 일본식 한자를 따서 미자, 화자, 순자, 성자, 정자, 수자, 말자, 용자, 추자, 희자, 숙자, 문자, 윤자 등의 자자 내지는 숙, 희 등을 주로 사용했다.)

허초희, 그는 초희라는 이름 말고 경번이란 자를 가졌고 난설헌이란 호로 불리어 그를 허난설헌이라고 해야 사람들이 더 쉽게 알아듣는다. 보통의 여자들이 평범하게 그냥 살다 죽어간 것과는 달리 그는 겨우 스물일곱 해를 살다 갔으면서도 힘들고 괴로웠던 자신의 삶과 사랑과 정한의 눈물과 갈등을 표현한 수백편의 시를 남기고 세상을 떠난 것이다. 정한의 눈물로 얼룩지게 만든 것은 그의 남편 김성립의 책임이 크다고 본다. 그는 아주 못생겼으나 5대에 걸쳐 계속 문과에 급제한 안동김씨 아버지 김첨과 허초희의 아버지 허봉이 호당의 동창이었기에 이들끼리 혼담이 이루어졌을 수 있다. 아마도 정석대로였다면 허초희와 김성집은 부부로 이루어지지 않았을 것이다.

전해 오는 이야기에 의하면 김성집은 얼굴이 못생겼고 방탕성이 있었다 한다. 따라서 자기보다 명석하고 뛰어난 미모를 가진 허초희에게 늘 자존감이 상해서 공부한답시고 밖으로 돌았다는 것이다. 그런 남편을 생각한 허초희는 시를 지어 보냈는데 그 당시 사회분위기는 그것 조차도 흉을 보는 시대였다고 한다. 허초희가 27세의 아까운 나이로 죽을 무렵 경상감사로 내려갔던 아버지 초당은 서울로 오던 중 상주객관에서 객사하고 둘째오빠 허봉은 율곡과 당파싸움 끝에 갑산으로 귀양 갔다. 귀양이 풀렸어도 한양에 돌아오지 못한다는 단서가 붙어 금강산을 떠돌다 객사하고 그 뒤 허초희의 아들과 딸도 병으로 죽고 나중엔 뱃속의 아기까지 잘못되어 난설헌의 슬픔과 괴로움은 이루 말할 수 없었을 것이다.

이런 파란 만장한 삶을 사는 동안에 그는 틈틈이 마음을 달래는 시를 썼으니 그게 바로 난설헌집에 수록된 211편의 시이다. 난설헌은 죽으면서 그의 시를 모두 불태워버렸으나 살아생전 틈틈이 동생인 허균이 옮겨 써 놓고 기억을 더듬어 써 놓은 것이 바로 난설헌집이다. 난설헌의 시는 중국에서도 책으로 나와 전해지고 있다. 1607년 공주목사로 가게 된 허균은 1608년 4월 허난설헌집을 목판본으로 만들었는데 이때 오명제란 명나라 시인에게 이것을 전했다는 것이다. 오명제는 이것을 가지고 가서 중국에서 허난설헌집을 발간하였다.(허난설헌 시집 머리글에서 일부 인용) 지금도 공주公州 어딘가에는 허난설헌 목판본이 숨어 있을 거라는 얘기를 듣고 공주시 전체를 찾아서 허난설헌 목판본이나 그 목판본으로 찍은 허난설헌 시집이 어딘가에 있지 않을까 하고 기대해 본다.

자신의 당호를 난설헌이라 지을 때 난초에서 난자를 따와 난초 내 모습이라 지은 이 시는 허난설헌 인생의 한 부분을 연상하게 한다. 위에서도 말했듯이 결코 평범하지 못했던 집안과 집안의 흥망 내력 자신의 괴롭고 어려웠던 순간들을 이겨나가기 위해 혼자 외롭게 버텨야 했던 순간들, 그 순간순간들과 난초가 처한 환경, 그걸 이겨나가는 난초의 생명력, 어쩌면 허난설헌이 여자로서 여리고 약한 모습, 그러나 심지가 곧고 고결한 품위와 향기를 잃지 않으면서 살아가는 모습을 연상시키게 하는 이 시를 읽으면 마음이 아파온다.

그러면서 고결한 난의 향기는 난설헌의 인품이 높음을 연상시킨다. 그는 아버지와 작은 오빠, 두 아이와 뱃속아기까지 보내고 모든 것을 생각하며 눈물을 닦으며 슬퍼하다가 급기야는 스물 일곱의 나이로 세상을 뜨게 되는 비극적인 삶을 마감하게 된다.

그러나 그가 비록 스물일곱의 나이로 일찍 갔지만 그

짧은 시간에 남긴 211편의 시는 오래오래 사람들의 마음을 사로잡고 같이 아파하면서 시를 읽는 사람들의 가슴에 여운을 남기고 당대의 최고 여류시인 허난설헌을 기억할 것이다.

무어래요

한길로만 오시다
한고개 넘어 우리집.
앞문으로 오시지는 말고
뒷동산 새잇길로 오십쇼
늦인 봄날
복사꽃 연분홍 이슬비가 나리시거든
뒷동산 새잇길로 오십쇼
바람 피해 오시는이 처럼 들레시면
누가 무어래요?

요즈음 나이든 사람들을 만나면 이런 말을 하는 것을 듣는다. "세월 참 빠르지요? 시간이 참 빠릅니다. 십대 때는 참 더디게 가는 것 같았었는데 이십대부터는 왜 그렇게 빠른지, 그리고 삼십 지나 사오십부터는 고속도로요 육십 칠십이 되니까 화살 같이 빠르게 갑니다."라고 말한다. 정말 그러고 보니 세월이 참 빠르게 지나간다. 엊그제까지 날씨가 추워서 옷깃을 여미고 밖에 나가는 것을 싫어했는데 어느새 봄이다. 잔디밭 지나 화단 위에 내리는 햇살 덕분에 벌써 냉이꽃이 보인다.

시간 되면 찾아 걷는 산책길 비탈진 곳에 복수초가 노랗게 피었다. 집 뒤 언덕 위에는 노오란 산수유가 병아리 주둥이 내밀듯 다가오더니 진달래꽃이 금새 병풍처럼 둘러쳐지고 아직도 진달래꽃들이 만개해 있는데 가는 곳마다 벚꽃이 하얗게 바다를 이루고 있다. 바로 그 옆에 흐드러지게 피어있던 목련은 벌써 지고 있고 길옆에는 여전이 노오란 민들레꽃이 손을 흔들며 봄을 맞는다. 이렇게 봄은 우리 들 주변에서 갖가지 꽃들을 모셔오느라 정신이 없다. 그러다 보니 나는 어느새 꽃이불 속에 둘러싸여 내 옷과 몸까지 모두 꽃으로 둘러싸여 있고 지금은 내 정신까지 꽃의 혼령 속에 빠져있는 듯하다. 누군가 벚꽃나무 밑을 지나며 하는 말을 들었다. 한마디로 봄은 꽃에 미친 계절이다 라고.

이렇듯 봄은 누구에게나 꽃을 한 아름씩 한 짐씩 한 덩어리씩 안겨준다. 누구든 차별하지 않고 누구 든 외면하지 않고 누구든 사랑으로 문을 열어주는데 뭐니 뭐니 해도 가장 반겨 찾아오는 건 벌과 나비다. 언듯 보면 꽃들이 인심 좋아 가슴팍을 열어젖히고 마음껏 내 주는 것 같지만 그들은 틈실한 열매를 맺기 위해 고유한 향기로 그들을 유혹하고 한 곳에서 배부르지 못하게 조금씩만 꿀을 내주고 대신 이꽃 저꽃 옮겨 다니며 배를 채우도록 유도한다.

그러는 사이 어느새 발끝에 묻힌 꽃가루로 그들만의 수정을 도와주어 꽃들은 꿀을 내준 대신에 탐스런 열매를 맺게 된다. 그러고 보면 그들은 말이 없어도 나름대로 독특한 삶의 방식으로 그들의 종족을 잇게 하고 번식시킨다. 정말 아주 작은 꽃들이지만 그들만의 삶의 방식에 그들만의 종족 번식 방법에 경탄을 금할 수가 없다. 겉으로 연약하고 예쁘기만한 꽃들이 꽃잎을 팔랑거리며 내뿜는 향기에 유혹되는 벌과 나비, 인간 세계에서 흔히 말하는 누이 좋고 매부 좋고 비슷하다면 말이 되는 걸까? 공짜가 없다는 것을 자연 속에서 그들만의 방식으로 이루어지는 모습에서 또 한가지를 배우게 된다. 아무튼 저 아름다운 봄꽃들이 몰려오면서 주변은 온통 화사한 병풍을 두른 것 같아 사람들 마음도 치유되는 것 같고 그래서 꽃을 찾는 사람들 또한 행복한 것 같다.

그러고 보면 봄님은 참 맘도 좋으시고 넉넉하시고 풍요롭고 이상적이시다. 내 생에 봄이 없이 그냥 여름으로 뛰어넘었다면 얼마나 슬픈 일일까? 아니 얼마나 불행한 일일까? 이렇듯 봄은 아름답고 사랑스런 계절이다. 봄은 화사하고 행복한 계절이다.

봄은 다시 시작하고 싶은 청량제 같은 역할을 하는 역동적인 계절임에 틀림없다. 이런 봄을 정지용 시인은 앞문으로 오지 말고 뒷동산 사잇길로 오라했다. 그건 아마도 앞문으로 들어오면 한번에 확 들어 왔으니 갈때 또한 한 번에 확 가버릴 수도 있기에 오지 않는듯 오게, 가지 않는듯 가게,

나도 모르게, 은연중 봄을 느낄 수 있게 뒷문으로 조용히 왔으면 좋겠다고 표현한 게 아닐까?

그것도 이슬비를 촉촉히 맞으며 뒷동산 사잇길로 천천히 오라고 그래야 봄다운 봄을 느낄 것 아니냐의 그런 의미가 아닐까? 그래서 바람을 피해 오는 사람처럼 살짝 둘러서 오시면 누가 뭐라 하겠냐고, 봄이 천천히 오고 천천히 간다고 해서 누가 뭐라고 하겠느냐고, 그러니까 천천히 왔다가 천천히 갔으면 좋겠다고 말한다.

정지용 시인 역시 수십 번의 봄을 맞고 보내는 동안 세월의 빠름을 느꼈을 것이다. 시간을 맞이하는 느낌은 옛날사람이나 현대인이나 비슷한 것이 아닐까? 정말 시간이 빨리 오고 빨리 가는 것에 대하여 옛사람이나 지금사람이나 맞이하는 심정은 비슷하리라. 그래서 이 시간이 잠재되어 있는 싯귀에서 정지용 시인이나 독자들이나 받아들이는 감정은 비슷하지 않을까.

시간이여 정지할 수 있으면 정지하라, 잠깐만이라도, 한 순간 만이라도, 그러나 이 모든 것은 욕심일 뿐, 시간을 정지해 놓는다는 것은 불가능한 것, 그러기에 지금 우리는, 우리가 처한 현실 속에서 한 치도 게을리 하지 말고 열심히 살아야 할 것이다. 그래야만 먼 훗날 시간을 되돌아 볼 때 우리들이 살았던 한 인생이 아름다웠다 라고 하지 않을까? 봄에 관한 짧은 시 한 편이지만 보내는 시간이 몹시 안타깝고 안쓰러운 모습으로 다가 오는 것 같다.

으름넝쿨꽃

이월 스무 아흐렛 날
면사무소 호적계에 들려서
꾀죄죄 때가 묻은 호적을 살펴보면
일곱 살 때 장암으로 돌아가신 어머님의
붉은 줄이 있지
돌 안에 백일해로 죽은 두 형들의 붉은 줄이 있지
다섯 누이들이 시집가서 남긴 붉은 줄이 있지
우리 동네에서 가장 많은 호적의 붉은 줄 속으로
용하게 자라서 담자색으로 피어나는 으름넝쿨꽃
지금은 어머니와 두 형들의 혼을 모아
쭉쭉 뻗어나가고
시집간 다섯 누이의 웃음 속에서
다시 뻗쳐 탱자나무숲으로 나가는 으름넝쿨꽃
오히려 칭칭 탱자나무를 감고 뻗쳐나가는
담자색 으름넝쿨꽃

— 구재기, 권선옥, 나태주 3인시집 『母音』 (창학사, 1979) 수록

사람은 살아가면서 누구나 아픔을 겪는다. 그 아픔은 주변 모든 사람들이 함께 아파하는 것도 있지만 알게 모르게 혼자만의 것으로 마음속에 삭이면서 아파하는 경우도 많이 있다. 전자의 경우엔 어쩌면 이쪽저쪽에서 함께 떠들고 위로해 주기 때문에 비교적 쉽게 그 아픔이 가라앉을 수도 있지만 후자의 경우엔 혼자 삭혀야 하기 때문에 이래저래 아픔이 오래가기 마련이다. 또한 그 아픔을 삭히는 중에 잘못하면 또 다른 아픔이 올 수도 있고 성격에 따라서는 평생을 가져가는 경우도 있어 자기만의 특별한 치유법을 찾지 않으면 다른 나쁜 생각을 가질 수도 있기에 아픔을 치유하기 위해선 혼자만의 내공이 필요하다. 그 내공을 쌓기 위해서 당사자는 남다른 고독과 외로움을 극복하고 아픔을 한 단계 승화시키는 인고의 시간을 필요로 한다. 아마도 구 시인은 그런 단계와 과정을 거쳤기에 이 가슴을 울리는 한 편의 시「으름넝쿨꽃」이 탄생되지 않았을까 하고 생각해 본다.

으름넝쿨꽃은 구 시인에게 있어선 아픔의 꽃인 동시에 치유의 꽃이다. 일곱 살 때에 장암으로 돌아가신 어머니, 그리고 그 전에 백일해로 생명을 잃은 두 형, 그렇게 해서 호적등본엔 두 줄의 붉은 줄이 생겼다. 그리고 이어 시집간 다섯 누이들, 만난 일은 없지만 구 시인이 태어나기 이전 벌써 두 형도 돌 안에 가시고, 그가 소년기를 거쳐 청소년기를 거쳐 어른으로 자라는 동안, 가장 감수성이 예민했던 그 시기에 잃어버린 가족에 대한 아픔은 가늠할 수 없을 만큼 컸을 것이다. 그리고 고독했고 힘들었을 것이다. 시인은 그 아픔을 그 누구에게도 나타냈을 수 없었기에 그것을 삭히는 방법으로 공부하고 책을 보고 영화와 연극에 심취하고 급기야는 시를 쓰게 됨으로서 마침내 오랜 산고 끝에 새로운 생명이 태어나듯 으름넝쿨꽃을 잉태시킨 것이다.

「으름넝쿨꽃」은 어떻게 보면 구 시인만이 갖고 있는 역사의 한 페이지기도 하다. 나라는 나라대로 역사의 한 페이지가 있듯이 개인은 개인대로 개인의 역사, 가족의 역사가 있다. 구 시인에게 있어서는 그 개인의 역사가 바로 어머니와 두 형을 잃은 슬픈 역사이다. 그런 슬픈 역사의 한 페이지를 한 단계 승화시켜 탄생시킨 것이 바로 담자색「으름넝쿨꽃」이다. 이는 오랜 시간 삭히고 고민한 뒤에 구시인 만이 만들어 낼 수 있는 꽃이다. 시인은 자신만이 볼 수 있는 담자색「으름넝쿨꽃」을 통해서 어머니와 대화하고 두 형과 시집간 다섯 누이들을 그려보는 것이다. 우리가 아프고 힘들 때 가장 먼저 떠오르는 것은 부모 형제와 자식들이듯이, 가족이란 이름의 부모형제들이 있어 서로가 위로 받고 힘이 되어 주고 용기를 북돋아 주기도 한다. 그게 바로 세상을 살아가게 할 수 있는 원동력이다. 그것으로 인해 홀 로서기도 하고 누군가에게 도움을 주고 받으며 누군가를 사랑 할 수 있는 것이다. 그래서일까? 지금도 구 시인은 그가 태어난 집을 산애재라 이름하고 나무와 꽃과 시를 만들어 가며 그 아픈 마음을 치유하고 있을 것이다. 그래서일까? 어쩌면 지금도 산애재에 있는 그 꽃들과 나무들 속에 어머니와 누이들이 함께 있어 구 시인을 지켜주고 있지 않을까.

박인환 —

세월이 가면

지금 그 사람의 이름은 잊었지만
그의 눈동자 입술은
내 가슴에 와 있네

바람이 불고
비가 올 때도
나는 저 유리창 밖
가로등 그늘의 밤을 잊지 못하지

사랑은 가고
과거는 남는 것
여름날의 호숫가
가을의 공원
그 벤치 위에

나뭇잎은 떨어지고
나뭇잎은 흙이 되고
나뭇잎에 덮여서
우리들 사랑이 사라진다 해도

지금 그 사람 이름은 잊었지만
그의 눈동자 입술은
내 가슴에 있어
내 서늘한 가슴에 있건만

고등학교 때였다. 영어 단어 외우는게 따분해서 유행하는 팝음악을 듣는다고 라디오 주파수를 맞추느라 다이얼을 이리저리 돌리고 있었다. 때마침 어느 채널인가에서 곱고 정감 있는 목소리로 여자 성우가 이런 시를 낭송하고 있었다.

> 한 잔의 술을 마시고 / 우리는 버지니아 울프의 생애와 / 목마를 타고 떠난 숙녀의 옷자락을 이야기 한다 / 목마는 주인을 버리고 그저 방울 소리만 울리며 / 가을 속으로 떠났다 (이하 생략)

성우는 이 시를 외로운 듯하면서도 애닯프게 그러면서 정감 있게 낭송하고 있었다. 같은 시라도 어떻게 읽느냐 어떤 감정으로 낭송하느냐에 따라 듣는 기분이 참 다르다는 것을 새삼 느끼는 계기도 되었다.

/// - (전략) 문학이 죽고 인생이 죽고 / 사랑의 진리마 저 애증의 그림자를 버릴 때 / 목마를 탄 사랑의 사람은 보이지 않는다(이하 생략) ///

이 시의 크라이막스라고 생각되는 이 구절에서 소름이 돋는다. 이 시를 낭송하는 것을 들으며 난 시가 참 맛있고 멋있다라는 것을 새삼스럽게 느낀다. 나중에 이 시의 저자가 박인환이라는 것을 알았고 난 도서관에 가서 박인환 시집 『목마와 숙녀』를 빌려서 단숨에 읽고 또 읽어 보았다. 그 때 기억해 둔 시 중 하나가 「세월이 가면」이다. 이 세월이 가면은 나중에 작곡가 이진섭이 곡을 붙이고 대중가수 나애심이 불러 큰 히트를 쳐서 대중들에게 많이 알려지게 되었다. 그 뒤에 현인과 현미, 조용필과 박인희를 비롯한 수많은 가수들이 노랫말로 만들어 노래를 부르게 되니 시인들의 입장으로서는 너무 고맙고 시민들은 가수들 덕에 어려운 시를 쉽게 접근 할 수 있는 계기가 되지 않나 생각해본다.

이 곡이 쓰인 배경은 소설가 이봉구의 회고록 〈명동백작〉 등에 기술돼 있다. 1956년 봄 명동의 동방살롱 맞은편 술집 은성(배우 최불암의 어머니가 운영하던 주점)에서 테너 임만

섭이 처음 부른 것으로 알려졌다. 누군가는 즉석에서 만들어진 노래라고 했지만 두 사람이 꽤 오랫동안 시간을 두고 공을 들였다고 한다. 은성의 여주인에게 들었던 애절한 연애담을 바탕으로 만들어진 노래였다는 설도 있다. 그러나 명동 일대를 휩쓸면서 술잔을 기울이던 '댄디보이' 박인환은 곧 요절하고 만다. "한 잔의 술을 마시고 / 우리는 버지니아 울프의 생애와 / 목마를 타고 떠난 숙녀의 옷자락을 이야기한다"라던 그는 짧지만 강렬했던 삶을 뒤로하고 떠났다. (인터넷 자료에서)

〈세월이 가면〉이란 노래는 가수이자 영화배우인 나애심이 취입해 세상에 나오고 많은 사람들의 사랑을 받는 노래가 된다. 전해오는 이야기에 의하면 나애심이란 예명은 〈빈대떡 신사〉로 유명한 한복남이 작명한 것인데 내 마음을 사랑한다에서 따온 것이라 한다.

나애심은 〈백치 아다다〉 〈과거를 묻지 마세요〉 〈미사의 종〉 등 히트곡 들을 내고 100여 편의 영화에도 출연할 정도로 걸출한 스타였다. 그의 본명은 전봉선인데 많은 히트곡을 낸 전오승이 친 오빠이고 막내 동생 봉옥도 가수였다. 그는 걸그룹 아리랑 시스터즈를 결성해 미8군 무대에서도 활약했다. 가수 김혜림이 그의 딸이다. 그러고 보면

어떤 것이든 끼는 유전인자가 따로 있는 가보다

박인환의 시는 극히 서구적인 냄새가 많이 난다. 백석이 토속어를 많이 쓰는 토종 시인이라고 한다면 박인환은 목마와 숙녀란 시에서 버지니아 울프, 페시미즘이란 단어를 써 가며 전개해 가는 방식이나 내용, 세월이 가면에서 공원의 벤치 등의 단어를 즐겨 쓰는 것만으로도 서구적인 분위기가 연출되기 때문이다. 그가 강원도 인제에서 태어났지만 아버지를 따라다니다 보니 학교를 가장 많이 옮겨 다닌 사람 중의 하나가 되었다. 강원도 인제에서 보통학교를 입학하고 다니다가 열한 살엔 서울 덕수보통학교로 편입하고, 공부를 잘해서 경기중학교에 입학하여 다니다가 황해도 채령의 명신중학교로, 그 다음은 평양의학전문학교를 다니게 된다. 그러다 해방을 맞으면서 의전을 마치지 못하고 다시 서울에 와 고서점을 운영하게 된다. 그것도 오장환 시인으로부터 물려받았다고 한다. 이렇듯 떠돌아 다니다 보니 자연이 친구들은 자기보다 윗사람들이 많아졌고 제대로 정착을 못하게 되니 경제적으로 어려울 수밖에 없었다, 그러다보니 마음은 있으나 바른 소리는 제대로 할 수 없었고 나중엔 김수영, 김경린, 김병욱 등과 같이 동인지를 발간하게 된다.

「세월이 가면」이란 시에서 알 수 있는 것은 그가 많은 곳을 옮겨 다녔고 많은 사람들을 만났고 그러는 가운데 옳고 그름을 아는 계기가 되었고 어렵고 힘들고 이런저런 사연들이 있었다는 것이다. 그렇게 흐르는 시간의 행간 속에 사랑이 오고 갔다. 또한 수많은 사람들을 만나고 헤어지는 가운데 그 모든 것들이 자신의 가슴에 오래도록 여운을 남기며 살아 있게 되었다. 그것이 곧 시적 모티브가 되어 「세월이 가면」이란 시를 잉태하게 되는 동력을 얻었을 것이다. 따라서 이 시에서는 박인환 시인의 순수성과 선량하고 따스한 품성을 느낄 수 있다. 그리고 시인의 삶에 대한 치열함 들이 녹아 있는 듯하다. 박인환 시인은 늘 새로움을 추구하는 시인이었기에 한자리에 머무르는 것에 익숙하지 않았다. 그는 누구보다도 노력하는 시인이었기에 늘 시작노트를 가지고 다녔고 친구 김동환이 보자 하면 얼른 꺼내 보이기를 주저하지 않았다고 한다. 그는 31살이라는 짧은 생을 살았지만 박인환 시인이 지금까지 살았더라면 소시민적인 분위기를 벗어나 민족분열의 모습을 바라보고 이를 극복하려는 시인의 길을 갔을지도 모른다. 참 아쉽기 그지없지만 그가 남긴 작품은 시간이 지나도 목마와 숙녀를 비롯해서 세월이 가면 등 많은 작품들이 시를 좋아하는 사람들에게 꾸준히 사랑받고 있음에 감사할 일이다.

가을의 공원
그 벤치 위에 나뭇잎은 떨어지고

김소월 —

진달래꽃

나 보기가 역겨워
가실 때에는
말없이 고이 보내드리오리다

영변에 약산
진달래꽃
아름 따다 가실 길에 뿌리 오리다

가시는 걸음걸음
놓인 그 꽃을
사뿐히 즈려 밟고 가시옵소서

나 보기가 역겨워
가실 때에는
죽어도 아니 눈물 흘리오리다

우리들은 살아가는 동안에 사랑을 주고 사랑을 받으면서 기뻐하고 슬퍼하기도 한다. 때로는 그 사랑 때문에 행복감에 젖기도 하지만 괴로움 속에서 헤어나지 못 할 때도 있다. 사랑이란 참 묘한 것이어서 그게 도대체 뭐 길래 이렇게 수많은 사람들을 웃기고 울리고를 반복하는지 마치 게임(?)의 연속성 같기만 하다.

생각해보니 나는 초등학교부터 모든 학교를 다니는 동안 사랑은 이것이다 라고 배운 기억이 없는 것 같다. 그건 사랑에 어떤 정해진 공식이 없기 때문에 우리들을 가르쳤던 수 많은 선생님들이 사랑의 공식, 사랑의 방법만큼은 가르치는 것을 피했을 것이다. 왜냐면 사람의 감정은 각자 다르기 때문에 서로 만나 표출 되는 갖가지 이야기들이 모두 다르기 때문일 것이다.

다만 춘원 이광수의 소설 「사랑」에 나오는 석순옥의 헌신적인 삶이나 섹스피어의 희곡 로미오와 줄리엣의 비극적 사랑, 춘향전이나 영화 애수, 눈싸움 등 소설이나 희곡 또는 사랑을 주제로 한 시나 음악 또는 영화 속에서 보고 듣고를 빈복하면서 아, 사랑이 이런 것이로구나 라고 조금씩 알아가는 것이 아닐까 하고 생각이 든다. 그래서 사랑은 이것이다 라고 명쾌하게 정의를 내리기는 정말 어렵다. 물론 여기서의 사랑의 본질은 부모, 형제 그리고 스승이나 친구, 이웃이나 직장, 동호인들의 사랑도 있지만 그게 아닌 남녀간의 사랑을 전제로 한 것이다.

사람들은 사랑에 한번 빠지면 좀처럼 헤어나질 못한다. 사랑하고 싶은 사람에겐 어느날부터 마음이 움직여지고 몸과 마음이 함께 따라가기 마련이다. 그걸 우린 사랑이라고 말하면서 막연히 그 사람을 믿고 때로는 맹목적으로 그를 의지하고 믿고 살아가기도 한다. 그건 내 마음속에 그가 있듯이 그 사람의 마음속에도 내가 있을 것이라고 믿기 때문이다. 그러다가 어떤 계기로 잘못되어 정신을 차려 보면 그 꿈속 같이 사랑을 주고받던 시간들이 멍해져옴을 느낀다. 돌아보고 잘못 되었을 때는 이미 늦었고 아쉬워하면서도 후회하고 후회하면서 슬퍼하고 슬퍼하면서 괴로워한다. 더구나 그 사랑이 나만의 짝사랑이었을 때는 더 아프고

아쉽고 슬퍼서 그 후유증이 오래간다. 잠시 내가 사랑했던 순간들을 돌이켜 보자. 내가 아무리 열정적으로 사랑한다 해도 상대방이 사랑 자체를 시시하게 생각한다면 태풍을 가져다 붓는다 해도 그는 흔들리지 않는다. 왜냐하면 그는 나의 진솔한 마음보다는 외모나 배경, 스타일을 보고 있기 때문일런지도 모른다.

하지만 사랑이 잘 유지되고 잘 되고 있을 땐 기뻐하면서 즐거워하고 날마다 살맛이 나고 의욕이 충만하고 일이 잘 풀리기도 한다. 그만큼 사랑의 힘이 크고 위대함을 느낀다.

소월의 사랑이야기로 가보자. 소월은 오산학교를 다녔는데 그곳에서 함께 공부를 하던 3살 연상의 오순이을 만나 사랑하게 된다. 그러나 소월은 조부의 명령으로 홍단심이란 여자와 이미 14세에 결혼을 한 몸이다. 그러기에 그를 떠나보낼 수 밖에 없었을 것이다. 그런데 소월의 나이 19세 그녀의 나이 22세에 오순이는 의처증이 심한 남편의 학대로 세상을 떠났다. 그때 소월은 그녀의 장례식에 다녀와서 초혼을 지었다고 한다.

> 산산이 부서진 이름이여! / 허공 중에 헤어진 이름이여! / 불러도 주인없는 이름이여! / 부르다가 내가 죽을 이름이여! // 심중에 남아 있는 말 한 마디는 / 끝끝내 마저 하지 못하였구나. / 사랑하던 그 사람이여! / 사랑하던 그 사람이여! // 붉은 해는 서산 마루에 걸리었다. / 사슴의 무리도 슬피 운다. / 떨어져 나가 앉은 산 위에서 / 나는 그대의 이름을 부르노라. // 설움에 겹도록 부르노라. / 설움에 겹도록 부르노라. / 부르는 소리는 비껴가지만 / 하늘과 땅 사이가 너무 넓구나. // 선 채로 이 자리에 돌이 되어도 / 부르다가 내가 죽을 이름이여! / 사랑하던 그 사람이여! / 사랑하던 그 사람이여! ///
>
> - 김소월 「초혼」

짧은 만남과 사랑이었지만 소월은 평생 그를 잊지 못했기에 그를 부르고 또 부르다가 그 사람에 대한 그리움을 사랑하는 마음 가득 담은 시로 대신했다. 생활이 어려웠던 소월은 사랑했던 사람에 대한 그리움으로 마약과 술에 취해 세상을 떠났다고도 하고 어떤 이는 자살했다고도 쓰고 있다. 이제 그의 나이 33세, 안타까운 일이 아닐 수 없다.

얼마 전 나태주 시인이 KT연구원에서 특강하는 것을 들었는데 총각선생님으로 경기도에서 근무할 때의 이야기를 했다. 한 여자를 만나서 실연을 했는데 대신 시를 얻었고 시인이 되었다고 했다. 그 작품이 바로 서울신문 신춘문예에 당선한 「대숲아래서」이다. 그리고 또 한 여자를 만나서는 그 여자는 아내가 되었고 가정을 꾸렸다고 했다. 이렇게 사랑의 결과가 의외의 반전을 갖어 오는 경우도 있다. 나태주 시인은 그 실연을 맛보게 한 여자 때문에 오늘의 큰 시인이 되었는지도 모른다.

다시 소월의 시로 가 보자. 이 「진달래꽃」은 우리 고전 시가와 맥을 잇고 있는 작품이기도 한데 이별의 아픔을 노래한 대표적인 작품이라고 볼 수 있다. 이 작품 속에는 떠나보내는 님에 대한 아쉬움을 넘어 한으로 남아 있는데 님을 이별해야 하는 상황 속에서 '말없이 고이 보내 드리오리다' 라고 하는 대목에서 우리 고유의 정서가 진하게 나타나 있음을 알 수 있다. 시인은 여기에 그치지 않고 가시는 걸음 앞에 진달래꽃을 깔아서 깔린 꽃잎 위를 사뿐히 즈려 밟고 가시라고, 속으로는 눈물을 흘리면서 겉으로는 꽃잎을 깔아 축하해주는 마음을 전해주고 있다. 이 얼마나 놀랍고도 가슴 아픈 발상인가. 과연 나 같으면 나를 떠나가는 임 앞에 꽃잎을 뿌려 즈려 밟고 가게 할 수 있을까? 물론 여기서의 님은 나를 배신하고 간 것이 아니고 병으로 간 것이기에 그 마음이 더 애틋했는지도 모른다.

꽃잎을 즈려 밟고 걷는 모습은 축하하는 듯하지만 사실은 가슴을 절절하게 아파오게 하는 대목이다. 어찌 그 꽃잎을 밟고 갈 수 있으랴, 여기에선 사랑하는 님을 체념하면서 눈물로 보내야 하는 시인의 절절한 마음을 반전의 기법으로 표현했음을 알 수 있다. 이는 천재적 시인만이 그럴 수 있는 시적 능력이 아니던가. 언제쯤 통일이 될까. 온 천지가 진달래꽃으로 물들여지는 봄 그 영변의 약산을 가 보고 싶다. 영변과 약산과 진달래꽃을 보면서 소월의 절절한 사랑의 흔적을 찾아보고 싶다.

가시는 걸음걸음

놓인 그 꽃을

사뿐히 즈려 밟고 가시옵소서

추천사

춘향의 말(1)

향단아, 그넷줄을 밀어라.
머언 바다로
배를 내어 밀듯이,
향단아.

이 다소곳이 흔들리는 수양버들나무와
벼갯모에 뇌이듯한 풀꽃뎀이로부터,
자잘한 나비새끼 꾀꼬리들로부터
아주 내어 밀듯이, 향단아.

산호珊瑚도 섬도 없는 저 하늘로
나를 밀어 올려 다오.
채색彩色한 구름같이 나를 밀어 올려 다오.
이 울렁이는 가슴을 밀어 올려 다오!

서西으로 가는 달 같이는
나는 아무래도 갈 수가 없다.

바람이 파도波濤를 밀어 올리듯이
그렇게 나를 밀어 올려 다오.
향단아.

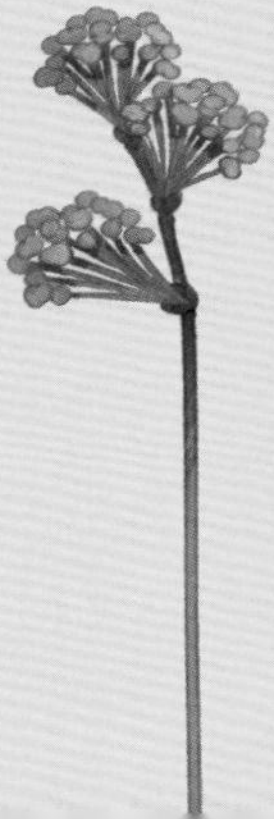

이 시는 서정주 시인이 예부터 전해 내려오는 춘향전에 나오는 성춘향의 마음을 시로 승화시킨 대표적인 케이스다. 어쩌면 이렇게 모두가 하늘을 날고 싶은 마음을 이중적으로 잘 표현했는지. 나도 어려서 저 그네를 타 본 경험이 있었다. 동구밖 고목나무에 어른들이 만들어 준 그네에 올라타 보면 날 것 같은 상쾌함과 떨어질 것같은 무서움이 혼합되어 느끼는 그 야릇한 맛이란 경험해보지 않은 사람들은 느끼지 못하는 것이리.

세월이 흘러 초등학교 운동장엔 놀이기구를 만들어 놓았는데 철봉이나 그네는 의무적이었다. 그런데 최근에 유심이 살펴보면 운동장에 그네가 없어진 곳이 한 두 곳이 아니다. 있다하더라도 아예 학교 운동장에서 그네 타는 아이들을 볼 수가 없다. 안전이다 무엇이다 하면서 다칠 것을 더 두려워해서인지 학교운동장의 그네는 보물이 되어 가는 듯하다. 이를 어쩌랴. 작금의 현실이 누군가가 우리 아이들이 그네를 타고 오르고 내리고를 반복하면서 느끼는 그 맛을, 그 추억을 뺏어가고 있는 것은 아닐까?

서정주의 추천사鞦韆詞로 다시 가 본다. 춘향은 그네가 하늘 높이 날 수 없는 걸 알면서 향단을 통해서 높이 날도록 밀어 올려 달라고 한다. 그것도 아주 조심스럽고 조심스럽게 밀어 달라 한다. 다소곳 흔들리는 수양버들, 베겟모에 뇌이듯한 풀꽃더미의 표현은 그네가 오고가는 속에 일어나는 바람조차도 숨죽이고 가도록 느끼게 한다.

이 절묘한 표현은 누군가 서정주 시인보고 언어의 마술사라고 하는 것에 공감이 가게 한다. 그것은 당시의 춘향이 기생의 딸로서 어쩌면 그 보이지 않는 어떤 사슬 속에서 벗어나고 싶은 마음, 벗어나더라도 그 자잘한 나비 새끼, 꾀꼬리들로 부터 조심스럽게 요란하지 않게 조용히 벗어나고 싶은 마음을 대변했으리라. 나 스스로 어떻게 벗어날 수 없기에 향단에게 조심스럽게 청하는 춘향의 속마음을 어느 정도 알 것만 같다. 우리들도 어떤 일들을 나 스스로 해결하지 못할 때 누군가 조용히 표 않나게 도와주기를 바라던 때가 있었듯이, 아마도 그런 심정이었을 것이다.

춘향이 기생집에서 보던 그런 세계에서 벗어나 산호도 섬도 없는 저 하늘, 과연 그런 곳은 어디일까? 어쩌면 그런 곳

은 기생이라는 천민이라는 그런 신분이 표가 나지 않는 평등의 세계, 아무런 제약을 받지 않는 아름다운 세계를 그리는 것은 아닐까? 사랑을 마음대로 할 수 있는 그런 세계, 그래서 가슴을 일렁이게 만드는 세계, 그 갈수 없는 세계에 대한 그리움, 갈망, 그런 것을 말하는 것은 아닐까?

달은 지금도 서쪽으로 서쪽으로 마음대로 가고 있는데 나는 갈 수 없는 현실, 그네를 타고 마음껏 올라도 그네의 끈 높이만큼 밖에 올라 갈 수 없는 현실, 그러나 향단아, 나는 그래도 날고 싶다, 오르고 싶다, 가고 싶다, 그러니 이 그네를 밀어 다오, 저 높이 오를 수 있을 때까지. 아마도 춘향은 그렇게 말하고 싶고 그렇게 살아가고 싶었을 게다. 어찌 보면 아름다운 그림의 한 장면 같으나 그 내면에는 아픔이, 슬픔이, 갈등이, 갈망이 함께 깃들어 있는 모습이리라.

서정주 시인은 춘향전이 가지고 있는 현실적 갈등과 그것을 넘으려하는 의지 사이에서 번민하는 인간의 모습을 춘향의 말 1, 2, 3을 통하여 아름다운 시로 나타내고 있다. 어쩌면 그것은 춘향의 이야기만이 아닌 우리들 모두의 숨겨진 이야기일 수도 있다. 각기 보이지 않는 어떤 사슬 속에서 벗어나 자유를 누리고 내 감정을 마음껏 표출시키고 싶은 욕망, 모두가 그런 것들을 가지고 있기 때문에 춘향의 마음은 보편적인 우리들의 마음일 수도 있지 않을까.

어머님에의 헌시

오래 잊어버렸던 이의 이름처럼
나는 어머니 어머니라고 불러보네

어머니 어머니 하고 불러보면
나는 먼 옛날 어렸을 때의 어린 아이로 되 돌아가
그리고 눈물이 흐르네
내가 이 세상에서 처음 입을 뗄 때
부르던 첫 말
그 엄마 지금은 안계시고
이 만큼이나 나이가 들어서야
어머니 어머니라는 이름의
뜻의 깊이를 아네

애띠고 예쁘셨던
꽃답고 아름다우셨을 때의
어머니 보다는

내가 빨던 젖이
빈 자루처럼 찌부러지고
이마에는 주름살
머리터럭 눈같이 희던 때의
가난하고 슬프신
그 모습 더 깊이 가슴에 박혀
지금도 귀에 젖어
음성 쟁쟁하네

지금 이렇게 나 혼자 외로울 때
나 혼자 괴로울 때
마음 이리 찢어지고
불에 타듯 지질릴 때

그 어머니 지금
내 곁에 계시다면

얼마나 힘이 될까
얼마나 위로가 될까
얼마나 조용조용 드리고 싶은 말씀이 많을까

어머니 어머니
오래오래 잊어버렸던 이의 이름처럼
지금은 이미 없는
머나먼 이름
뜨거운 이름
눈물의 이름
사랑의 희생의 영원의 이름
이제사 그 어머니
어머니라는 부름의 뜻을 알겠네

어머니라는 이름
뜨거운 눈물의 이름을 알겠네

오월이 왔다. 싱그러움이 가득한 달, 주변이 온통 초록과 꽃의 힘으로 아름답고 젊고 힘찬 기운이 솟는 듯 한 느낌이 오는 달이기도 하지만 그 어느 달보다 아픔과 슬픔이 많은 달이기도 하다. 그리고 또 가정의 달이라 하여 가정과 연관된 모든 기념일들이 한꺼번에 몰려 있다. 어린이날(5일)을 비롯해서 어버이날(8일) 스승의 날(15일)이 모두 함께 들어 있으니 가까이 또는 멀리 계신 부모님이나 선생님께 고마운 인사를 드리기도 해야 하는 몸과 마음이 조금 바쁜 달이기도 하다. 더구나 부부의 날(27일)도 들어 있으니 우리 사회 속에서의 사람들은 이런 저런 얽혀 있는 인간관계 속에서 바쁘고 또 바쁜 날들을 보낸다.

위의 시는 박두진 시인이 1959년 5월 8일 어머니날을 기념하여 쓴 시이다. 요즘은 어버이날이라 하지만 그 당시는 어머니날만 있었다. 그 뒤 사회적으로 볼 때 왜 아버지날은 없느냐 하여 아버지날을 정하면 또 번거로울 것 같아 정부에서 2007년부터 어버이날 하나로 통일하여 지금까지 써 오고 있는 것이다. 그런데 최근 혹자는 다시 어머니날을 따로 돌려달라(?)고 한다 하는데 글쎄, 웬만하면 하나로 그냥 가는 것이 좋지 않을까 한다.

위 내용을 잘 읽어보면 (어머니, 어머니 / 지금은 없는 어머니 이름 / 이제 사 그 어머니라는 부름의 뜻을 알겠네) 풍수지탄風樹之嘆의 내용을 담았다는 것을 알 수 있다. [樹慾靜而風不止요 恣慾養而 親不待라] 이는 일찍이 나무는 고요하고자 하나 바람이 그치지 아니하고, 자녀는 부모를 봉양하고자하나 기다려주지 않는다는 뜻으로 「공자가어」의 치사 속에 있고 「한시외전」 9권에도 수록되어 있다. 읽어보면 읽어볼수록 젊었을 때는 느끼지 못했던 어머니에 대한 정감이 나이 들어가면서 절절하게 다가옴을 알 수 있다. 다른 사람의 경우도 마찬가지이지만 어머니에 대한 그 사무치는 고마운 정이 피부로 느껴지지만 이제 이 세상에 안계시니 이를 어쩌리오. 조용히 어머니 어머니하고 불러보지만 대답이 없고 이제 효도하는 것을 누가 시키지 않고 나 스스로 하려는 마음이 앞서고 있는데 어머니는 이미 다른 세상으로 가셨으니 이를 어쩌리오. 그래서 어머니에 대한 추모하는 마음이라도 제사 때나 명절 때에 더 하려고 하니 이야말로 논어의 학이편에서

증자가 말하는 신종추원愼終追遠(부모의 장례를 신중하게 정성스레 모시고 먼 조상까지 제사를 정성스레 모시면 백성들의 덕이 두텁게 된다는 뜻)이라 하는 것이다.

우리 사회는 오래전부터 효 의식이 매우 중요한 요소로 작용해 왔기 때문에 어머니에 대한 그리움이 절절하게 표현되는 것이다. 그렇다고 박두진 시인이 아버지에 대한 표현이 없는 것도 아니다. 산이 좋다는 시에서, 산은 늘 따스한. / 여인의 품 어머니의 품. 아버지의 품.(산이좋다에서)이라 했고 철쭉꽃이란 시에서는 "철쭉꽃이 화안하게 필 때면 / 더 욱 못 견디게 / 아버지가 생각난다 / 하고 노래하고 있다. 이는 아버지가 심은 철쭉꽃을 바라보며 아버지를 그리는 시이다. 아버지를 회상하며 절절했던 추억을 시속에 담아두고 있는 것이다.

오월, 그 푸르른 날 우리 모두는 다시 한 번 부모님을 생각하며 카네이션 한 송이, 감사한 마음의 손 편지 한 장, 아니면 찾아뵙고 따스한 손 한번 더 잡아드리면서 뜻깊은 시간, 아름다운 효의 시간을 가져봐야 하지 않을까 하고 생각해 본다.

금강 철교를 바라보며

물안개 자욱한
금강 철교에
저녁 노을이
발갛게
불타고 있다

이글이글 불타는 금강 철교
저녁 해는 다리 난간 위에 걸려 있고
하늘은
노랑
빨강
저녁 노을로 강과 강바닥을 마구 누비고 있었다
나는
어느 덧 유년의 시절로 빠져들었다

강둑에 서서 어머니를 기다리던 나.

나룻배에는
황혼이 짙게 서려 있고
황포 돛단배엔
저녁 노을이 불타고 있는데
어머니의 모습은
학의 자태

황혼에 물든 어머니
그리고 황포 돛대
그 때 어머니는
지금의 내 나이보다도
훨씬 젊은 새댁이었다.

공주 사람이 공주를 노래한 시를 찾아보기로 했다. 선생님은 청양이 고향이지만 공주사대를 나오고 공주사범과 공주사대부고 교사를 거쳐 공주교대와 공주사대교수를 거쳐 공주사대부설 백제문화연구소장을 지내고 공주에서 살다 1996년 공주에서 돌아가셨으니 공주사람이나 마찬가지다. 나는 공주고를 졸업하고 공주교대를 다니면서 당시 국어과 교수님이셨던 선생님을 처음 뵈었다. 선생님은 시의 제작 이론인 아리스토텔레스의 시학, 그 중에서도 비극적 카다르시스에 대해 열강해 주셨다. 그리고 교대 문학동아리였던 석초문학회를 지도해 주셨다. 당시 조재훈 교수(공주대로 가심)님, 박철희 교수(서강대로 가심)님, 이창섭 교수님과 함께 내가 시를 쓰는데 커다란 도움을 주신 분들이다. 당시 많은 사람들이 영향을 입었고 공주교대문학의 부흥을 일으켜주신 훌륭한 선생님들이시다.

나는 선생님과 학생신분으로 만난 후 공주교대부국에서

5년 6개월 근무하는 동안 선생님은 충남문협회장으로 나는 사무국장으로 함께 일하고 『충남문학전집』 5권을 발간하며 선생님의 유고시집 『강둑에 이는 바람』을 내는데 당시 공주대 김진규 교수님과 함께 미력을 보탠 일이 있다.

위의 시는 그 유고 시집 17쪽에 게재되어 있다. 선생님께서 어느 날 아버지의 한시漢詩가 있는데 같이 시집으로 묶어야겠다는 말씀을 하셨다. 그리고 96년 1월 서문을 쓰시고 거의 마무리를 하였는데 병이 발견되어 병마와 싸우시다가 그해 11월 두 번째 서문을 이렇게 쓰셨다.

"너무도 슬픈 일이다. 이 시집을 편집해 놓고 병을 얻었으니 말이다. 너무도 급작스러운 병마의 침입? 도저히 회춘을 기대할 수는 없는지. 병명은 이름하여, 아직 원인 규명도 되지 않은 병이라니, 병상에서 교정을 보고 출판을 하고……, 어쨌든 계획한 일이니 그대로 세상에 내 놓으련마는. 이 책이 세상에 나올 무렵이면 나는 병상에서 내려오겠지……."

혜화동 병실에서 쓴 서문은 끝내 생전에 빛을 보지 못하고 선생님께서 돌아가신 후 3년이 지난 뒤 6남매가 마음을 합쳐 공주대 김진규 교수님께서 주관하여 3주기에 맞춰 발간한 것이다. 살아생전 지극한 효심을 가지셨던 선생님이었기에 그 자녀들도 아버지를 본받아 지극한 효심으로 선생님의 시집을 발간하신 것이다. 그리고 선생님의 때묻지 않은 서정이 넘쳐흐르고 삶에 대해 반짝임을 지닌 분(공주대 김진규 교수의 발문에서)이라 그 앞에 나온 시집『타인의 얼굴』에서처럼 선생님시의 전체적 분위기는 은은한 감동을 주는데 있다.

공주의 상징에는 여러 가지가 있다. 우선 금강을 비롯해서 무령왕릉, 공산성, 선사유적지와 우금치고개, 갑사, 마곡사, 곰나루 등 셀 수 없을 정도다. 그 중에서 금강철교는 6.25때 북한군의 침략으로 그들을 저지하기 위해 폭파시켜 끊어 놓았다가 그 후 다시 이어 오늘이 이르고 있다. 금강다리가 끊어진 당시는 수많은 사람들이 배를 타고 왕래를 해서 배를 가지고 생계를 유지하는 사람들이 많아 나룻배가 40여척이나 되었다고 한다. 시인은 바로 이 금강철교를 바라보며 유년으로 돌아간다. 그리고 어머니를 생각한다. 황포돛대를 달고 강을 건너던 시절 금강철교 넘어 붉게 물든 저녁 노을속의 어머니를 그리워하고 있는 모습이다. 엊그제가 어버이날이었다. 아마도 이 시를 쓸 때가 바로 그쯤 되지는 않았을까. 나이를 든 사람이나 젊은 사람이나 어

머니는 영원한 우리들의 고향이다. 세상에서 가장 아름다운 이름, 세상에서 가장 불러보고 싶은 이름, 세상에서 가장 사랑하는 이름 어머니. 그 어머니를 오늘도 우리는 그리워하고 사랑한다. 참 많이 보고 싶다. 어머니, 어머니, 우리 어머니, 우리 엄마.

소의 말

높고 뚜렷하고
참된 숨결

나려 나려 이제 여기에
고웁게 나려

두북 두북 쌓이고
철철 넘치소서

삶은 외롭고
서글프고 그리운 것

아름답도다 여기에
맑게 두 눈 열고

가슴 환히
헤치다

이중섭은 분명 화가다. 그런데 사람들은 그를 보고 그림으로 시를 쓰고 그림으로 편지를 쓰고 그림으로 대화를 하는 사람이라고도 한다. 그림으로 못다한 이야기는 편지를 써서 남겼다고 한다. 그는 그림을 그리면서 부득이 일본인 아내와 두 아들을 현해탄을 사이에 두고 떨어져 살게 되었는데 그 때 많은 편지들을 주고 받았다. 특히 그가 결혼 전 1941년경에 일본어로 보낸 편지들은 그의 일본인 처 이남덕 여사가 앨범형태로 간직하고 있었고, 나머지는 1953년에서 55년까지 병세가 악화되기 이전까지 주고 받은 편지를 모아서 책으로 내게 되었는데 이 때 일본어에 해박했던 박재삼 시인이 번역을 했고 1980년 한국문학사에서 이중섭 서한집, 『그릴 수 있는 사랑의 빛깔까지』란 책으로 출판하게 되었다. 이 때 책의 맨 앞에 바로 이 중섭의 「소의 말」이라는 시가 실려 있다. 그런데 이 시는 이중섭이 1951년 제주도로 피난가서 살게 되었는데 피난처였던 방에 이중섭이 이 시를 써붙여 놓았던 것을 조카인 이영섭씨가 암송

해서 기록해 놓았다(그릴 수 있는 사랑의 빛깔까지도에서)고 전해지고 있다.

사람들이 모여 있을 때 많은 사람들이 말로써 수다를 떨고 말로서 스트레스를 푼다고 한다. 그런데 경우에 따라 모이는 시간이나 환경에 따라서는 그림, 음악, 수화 등의 형태로 자신을 나타내고 설명하는 경우도 많다. 바로 이중섭은 그림을 그리면서도 자신의 마음을 사랑하는 사람에게 전달하기 위해서는 상징적 의미가 큰 그림보다는 이 말 저 말속 말을 마음대로 표현할 수 있는 편지를 통해서 자신의 마음을 열심히 전달했던 것이다. 비록 편지의 처음 말이 지난번과 같다고 하더라도 받는 사람의 입장은 언제나 반갑고 행복할 수 있기 때문이다. 그래서 그런지 이중섭이 일본인 이남덕 여사에게 보내는 편지의 대부분이 나의 소중한 남덕군 또는 귀여운 남덕, 귀엽고 소중한 남덕, 나 혼자만의 귀여운 남덕, 나의 살뜰한 남덕, 나의 하나의 남덕 등 상대방의 이름을 꼭 불러주면서 편지를 쓰기 시작한 것이다. 그는 아내에 대해 변하지 않고 지금도 사랑하고 있음을 똑같은 말, 똑같은 형태의 글을 통해서 자신의 마음을 수업이 반복하면서 전달하고 있음을 알 수 있다. 편지 하나로 봐서는 이중섭과 그 일본인 처는 분명 많이 사랑하고 그리워하고 있으며 그 기다리는 지루한 시간을 그림을 통해서 메꾸고 편지로써 수없는 대화를 나누면서 사랑을 확인하고 또 확인했던 것이다.

이 시에서 좀 설명이 필요한 것은 '나려 나려'라고 반복해서 쓴 단어와 '두북 두북 쌓이고'의 말 뜻이다. 아마도 이것은 한글 국어사전에 설명이 없는 걸 보면 제주도에서만 쓰는 방언 일 수도 있는데 소가 무언가 말을 하려는데 그 말이 두북 두북 쌓였다는 것은 아닌지. 시를 쓰는 사람들이 향토어나 방언을 쓰는 것은 특색을 나타내기에 좋은 방법 중의 하나이나 이렇게 시간이 흘러 읽는 사람들이 무슨 뜻인지 모를 때는 참 난감한 생각이 들기도 한다. 백석 시인은 방언이나 토속어를 많이 쓴 것으로 유명하다.

이중섭은 소를 통해서 삶은 외롭고 서글프고 그리운 것이라고 세상 사람들에게 말 하고 있다. 이는 소가 주는 이미지가 농사꾼이나 장사꾼 또는 다른 부류의 사람에 따라 받아드리는 느낌이 다르듯이 자신의 삶도 그랬을 것이다. 아무튼 이중섭의 소는 오늘날 그림을 통해 거듭나고 있으며 여기에 소개한 소의 말은 이중섭이 수많은 그림을 통해 말하려고 한것 못지않게 자신의 마음을 그린 한 편의 소중한 시임에 틀림없다.

가난한 사랑노래

가난하다고 해서 외로움을 모르겠는가
너와 헤어져 돌아오는
눈 쌓인 골목길에 새파랗게 달빛이 쏟아지는데.
가난하다고 해서 두려움이 없겠는가
두 점을 치는 소리
방범대원의 호각 소리, 메밀묵 사려 소리에
눈을 뜨면 멀리 육중한 기계 굴러가는 소리
가난하다고 해서 그리움을 버렸겠는가.
어머님 보고 싶소 수없이 뇌어보지만,
집 뒤 감나무에서 까치밥으로 하나 남았을
새빨간 감 바람 소리도 그려 보지만.
가난하다고 해서 사랑을 모르겠는가
내 볼에 와 닿던 네 입술의 뜨거움

사랑한다고 사랑한다고 속삭이던 네 숨결,
돌아서는 내 등 뒤에 터지던 네 울음.
가난하다고 해서 왜 모르겠는가,
가난하기 때문에 이것들을
이 모든 것들을 버려야 한다는 것을.

두 사람의 젊은 남녀가 만나 자신들도 모르게 사랑을 키워간다. 조금씩 조금씩 알게 모르게 모르게 알게, 두 사람은 사랑이라는 그 무엇과도 견줄 수 없는 신성하고 신비스럽고 애틋하고 가슴 벅차기만 한 그런 순간들 속에서 한없이 기뻐하고 행복해 한다. 해질녘의 솜털구름 양떼구름 밤하늘에 쏟아질 것 같은 수 많은 별들, 그리고 이름 모를 수 많은 꽃들과 풀잎들의 속삭임까지 이들에겐 그 무엇 하나 사랑스럽지 않은 것이 없다. 그러던 어느날 두 젊은이는 둘의 관계를 알게 된 부모님들에 의해 이별 아닌 이별을 해야 하는 위기에 처한다.

이유는 단 하나 남자가 가난하기 때문이다. 둘의 관계를 눈치 챈 여자 측의 부모가 사람을 시켜 남자 측의 뒷조사를 한 것이다. 이때부터 여자의 부모는 어떻게 하면 둘을 갈라 놓을까 고민 아닌 고민을 하게 되고 급기야는 집안이 가난하다는 이유로 둘은 헤어지게 된다. 이것을 놓고 누구는 아

그건 가짜사랑이어서 그렇다. 참사랑이 아니라 그렇다. 여자측이 잘 못한 것이다 라고 한 쪽을 나쁘게 말하기 시작한다. 이게 우리가 살아가는 현실 속에서 신파극의 한 장면같이 벌어질 수 있는 상황이다.

정말 실제로 이런 일이 나타날 때는 우린 어떻게 해야 할까. 당신이라면 어떻게 하겠는가? 나라면 어떻게 하지? 이 시가 갖고 있는 따뜻한 인간애, 진실한 사랑, 아름다운 마음, 이런 것들은 어떻게 해야하나, 가난하기 때문에 안되는 걸까? 사랑은 변함이 없는데 가난하기에 정말 헤어져야 한다는 것인가, 여기서 화자는 말한다. 가난하기 때문에 헤어지자고, 입술을 깨물고, 나에겐 미래가 없기 때문에, 그러자 그녀는 더 뜨거운 입술로 숨결로 다가와서 사랑을 속삭인다. 사랑한다. 사랑해 내가 사랑한다구, 그러나 그는 떠난다. 가난을 숨길 수 없어서, 아니 극복할 수 없어서라고 해야 할가, 정말 사랑하기 때문일까? 어쩌면 비겁하게 도망가는 건 아닐까. 정말 슬픈 일이다. 아픈 사랑이다.

그런가하면 정반대의 사랑이야기도 있다. 고향 근처 큰 과수원집 딸이 서울의 유명한 E여대에 다니고 있었다. 그는 방학 때마다 집에 내려와 과수원에서 열심히 일하는 Y

군을 만난다. 구릿빛 얼굴에 무뚝뚝하고 말이 없지만 우직하게 열심히 일하는 모습을 보고 남성적인 매력을 느꼈다고 한다. 과수원집 딸 A양은 점점 자기네 과수원에서 일하는 그 총각에게 빠지게 되고 나중에는 부모의 반대에도 불구하고 결혼하게 된다. 물론 그 후 과수원은 그 딸이 물려받았고 그 총각과 새로운 품종을 개발하면서 행복하게 산다는 얘기다. 여기서 총각은 튼튼한 몸과 근면성 그리고 남자로서의 우직함 그런것들이 전부일 뿐 돈이 없는 가난한 총각이었다. 위에서 말한 가난하기에 결혼을 반대했던 집과는 아주 대조적인 예가 아닐 수 없다.

영화 「시월애」를 보면 이런 대사가 나온다. 사람에게는 숨길 수 없는 세 가지가 있는데 그게 바로 기침과 가난과 사랑이라고, 기침은 참을수록 더 크게 나온다. 가난이 숨긴다고 숨겨지는게 아니다. 얼굴로 밖으로 드러나는 표정과 몸짓이 사랑을 숨길 수가 없다. 사람만이 갖고 있는 소중한 반응들이다.

지금도 그럴까. 우리들의 젊은 날 참 어려웠기에 사랑해서 만났지만 가난해서 헤어진 사람들이 꽤 있을 것이다. 그러나 그 어려움을 극복하고 행복하게 살은 사람들도 많을 것이다. 사랑은 참되고 고귀한 것이기에 주변의 모든 어려움을 극복하고 행복하게 살은 사람들의 이야기도 많다. 그러나 이 가난한 사랑노래는 지난날 가난이 일찍 철들게 했던 시대에 사랑하는 사람을 진정 사랑했기에 떠나보내야만 했던 아름다운 사랑, 따뜻한 사랑, 인간미 있는 사랑의 이야기를 다룬 아프지만 따뜻한 시라고 생각한다.

권선옥

못을 박으며

닭을 가둘 닭장을 짓느라고 못을 박는다
무거운 망치로
쾅쾅쾅, 큰못을 박는다
못 자리를 내어주지 못하는 나무판자는
종잇장처럼 찢어진다
그래, 내 언젠가 어머니 가슴에 못을 박았지
그게 어디 어머니 가슴뿐인가.
때때로 나는 독한 못이 되어
여기저기 마구 구멍을 내고
더러는 쩍쩍 갈라지게 깊이깊이 박혔지
봄은 이렇게 햇볕이 푸짐한데
나는 여기저기 거침없이 못질을 한다
혀를 차면서 혀를 깨물면서
독하게 못질을 한다
아파하는 널빤지에 쾅쾅, 쾅쾅쾅
거칠게 못질을 한다

사람들은 살아가면서 알게 모르게 나 아닌 다른 사람들에게 말실수를 할 때가 있다. 그로 인해 사람에 따라서는 상대방으로부터 들은 말 때문에 평생 못이 박혀 사는 경우가 있다. 그래서 옛날 사람들은 모든 화는 입으로부터 나온다고 항상 입을 조심해야 한다고 했다.

법정 스님의 말을 빌리면 '내가 두 귀로 들은 이야기라 해서 다 말할 것이 못되고 내가 두 눈으로 본 일이라 해서 다 말할 것 또한 못 된다. 들은 것을 들었다 다 말해버리고 본 것을 보았다 다 말해버리면 자신을 거칠게 만들고 나아가서는 궁지에 빠지게 한다.'라고 했다. 그래서 모든 화는 입으로부터 나온다 했기에 입을 잘 지키라 한 것이다.

무슨 말을 했다가 상대방으로부터 공격을 당해 할 말이 없으면 유구무언有口無言이라고도 한다. 결국 입을 닫고 있으면 화를 피할 수 있고 시끄러움을 면할 수도 있다. 이 말이란 것이 상대방 가슴에 못으로 박히면 오랫동안 불편한 감정을 가지게 되어 자신도 힘들고 상대방도 힘들 것이다. 그래서일까? 권 시인은 지난 세월의 어느 시점에서 어머니 마음을 아프게 했고 그게 어머니뿐만이 아니라 내가 만났던 사람들 중 또 누군가에게 아픔을 주었을지 모른다고 고백하고 있다. 그럼에도 불구하고 사람들은 나에게 따스한 햇볕을 주고 있는데 자신은 못을 박고 있는 행위에 대해 자신도 아프고 힘들 것이라는 것을 알면서 못을 박고 있는 현실을 역설적으로 말하고 있다.

이는 어쩌면 우리 모두에게 주는 메시지인지도 모른다. 이 메시지는 시를 읽는 많은 사람들, 읽지 않는 또 다른 사람들에게도 해당되는 말일 것이다.

입은 몸을 치는 도끼요 몸을 찌르는 칼날이라고 했듯이 평소의 말이나 행동에서 우리는 상대방에게 주는 아픈 행동이나 말은 삼가해야할 것이다. 그게 현명한 사람이니까. 그러기에 험한 장면이나 험한 일은 가능하면 가까이 하지도 말고 부모님이나 형제, 친척, 친구, 이웃간이라도 서로 최소한의 예의를 갖춰 임한다면 최소한 가슴에 못 박히는 일은 없을 것이다.

평소 생각이 깊고 신중한 권 시인이 지난 삶의 한순간에 어머니를 비롯한 다른 사람들에게 자신도 모르는 사이 가

슴에 못 박히게 한 행동이나 말이 지금 와 생각하면 너무 미안하고 죄송해서 「못을 박으며」란 시를 통해 후회하고 용서를 비는 아름다운 마음을 우린 배워야 할 것이다.

그게 바로 자신의 마음에 진정한 평화를 가져오는 것이기 때문이다.

인생통장

인생의 수입과 지출은
고희를 막 넘기고 나서야
어느 정도 셈 할 듯도 한데
여생의 잔고는 통 알 수 없네

흐른 물은 다시 역류하지 않고
지난 시간은 다시 오지 않는데
추억의 카펫을 뒤 밟아 가며
세월 속에 더 밀리어 떠나는 길

저축한 시간의 용돈이 앞으로
그리 많이 남지 않았다는 것만
아침에 일어나 항상 확인하고
잠자리에 들면서 점검해 볼 뿐

인생을 통장에 저축해 놓고 쓴다? 좀 엉뚱한 생각일지 모르나 전민 시인은 '인생통장'이란 시에서 우리의 인생을 우리가 태어난 시간부터 죽을 때까지 통장 속에 들어 있는 것이나 마찬가지가 아닐까? 하는 마음으로 이 시를 시작하고 있다. 인생을 통장 속에 맡겨 놓고 쓴다? 일반적으로 돈 같으면 벌어들이는 대로 통장에 넣고, 쓸 일이 생길 때만 필요한 만큼 꺼내 쓰고를 반복하고 통장의 칸수가 다 차면 새 통장을 발급받아 넣고 쓸 수 있지만 인생은 그렇지 않다. 한번 통장에 부여받은 인생은 누구나 유한한 것이기에 하루 또 하루를 조심스럽게 보람되게 쓸 수밖에 없는 것이다. 그러하기에 전민 시인은 오늘도 그 소중한 시간을 통장 속에 잘 모셔놓고 꼭 필요한 때에만 꺼내쓰려고 하는 것인지도 모른다.

우리는 흔히 시간은 금이다. 인생을 헛되이 보내지 말아라, 스피노자가 말한 것처럼 '나는 내일 죽더라도 오늘은 사과나무를 심으리라' 등의 말을 통해서 시간이 중요하고 귀한 것이라는 것을 상기시키고 있다. 그리고 실제로 대부분의 사람들은 그런 소중한 시간들을 분, 초까지 다투며 아껴 쓰려고 열심히 노력한다. 누구에게나 연습이 없이 한 번 왔다 가는 인생이기에 하루, 한 시간, 일분, 일 초를 헛되이 보내려 하지 않고 목표를 세우고 열심히 일한다. 때로는 돈을 많이 벌기 위해서, 명예를 위해서 또 권력을 쟁취하기 위해서 학문과 기술을 배우고 익힌다. 누구는 말하는 기술을, 글쓰는 역량을, 농사 짓는 방법을, 컴퓨터 다루는 기술을 익히고, 각종 운동 능력을 향상시키는 등 수없이 많은 영역에 도전하고 발전시키기 위해 노력한다.

그러는 사이 사람들은 목표를 세워 노력한 결과 승진하고 정년이 되고 돈을 벌고 권력과 명예를 추종하면서 현재를 살아간다. 전민 시인이 말한 것처럼 태어나 저축해 놓은 시간을 보람 되게 쓴 사람만이 가질 수 있는 충만된 삶일지도 모른다. 앞으로 얼마 남지 않은 유한한 인생을 의미있게 살아가려고 최선을 다 할 것이다. 그리고 아침에 일어나 살아있음을 확인하고 저녁이 되면 현재까지 잘 살아 왔는지를 점검해 본다.

세상에 태어나 살아가면서 나이를 들어가며 변하게 되는것 중의 하나가 마음이다. 그런 마음을 안정시키고 편안하게 하기 위해서 종교를 갖게 된다. 그건 종교를 통해 복음을 듣고 마음의 평정을 얻기 위함이다. 복음이라고 말하니 성경에서 말하는 전쟁의 공포 속에 살던 마을 사람들 생각이 난다. 모두 그때 멀리 먼지를 일으키며 달려오는 한 마리의 말, 그 말에 탔던 병사가 우리가 이겼다 하

는 소리에 마을에 있던 사람들의 박수와 함성이 들리고 마을 사람들의 축제가 벌어지게 된다. 그건 바로 우리가 이겼다 하는 복음이 들려 왔기 때문이었다. 그 말에 탔던 병사의 말, 우리가 이겼다 하는 소리가 바로 복음이었던 것이다. 그 말로 인해 마을 사람들은 노예로 끌려가는 것을 면했고 젊은이들, 사내들은 억지로 군에 가는 것을 면했으니 이보다 큰 복음이 어디 있으랴. 인생에 있어서의 복음은 무엇일까? 안 죽는다는 것? 인생통장에 시간을 더 넣어 주는 것? 글쎄 그건 불가능한 것이고, 어쩌면 사는 날까지 건강하고 편안한 마음으로 오늘을 보람되게 사는 것이 아닐까?

내가 산다는 것은 현실의 문제다. 골라서 살 수도 없는 것이다. 내가 현실의 세계로 가는 것이 아닌 순간순간 현실이 나에게로 오는 것이다. 따라서 어떤 이는 이것을 운명이라고 말했다. 우리는 운명이란 것을 필연적으로 만나면서 현실의 바다에서 헤엄 치고 사는 것이다. 때문에 아무리 힘들어도 현실을 벗어날 수 없기에 순간순간 충실한 삶을 살아가야 하지 않을까? 전민 시인은 이것을 미리 알고 오늘 삶을 점검해 보고 살아야 한다고 인생통장을 통해서 메시지를 보내고 있는 것이다.

3
즐거운 편지

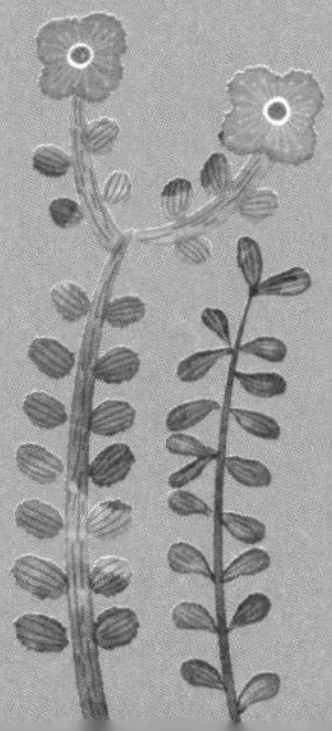

완화삼

차운 산 바위 위에 하늘은 멀어
산새가 구슬피 울음 운다

구름 흘러가는
물길은 칠백 리七百里

나그네 긴 소매 꽃잎에 젖어
술 익는 강마을의 저녁 노을이여

이 밤 자면 저 마을에
꽃은 지리라

다정하고 한 많음도 병인 양하여
달빛 아래 고요히 흔들리며 가노니…….

우리가 세상에 태어나서 한 평생을 살아가는데 참 좋은 친구하나 가져 본다는 것처럼 행복한 일이 또 있을까. 그것도 같은 길을 가면서 서로 보듬어 주고 위로해 주고 서로 챙겨주고 사랑해주는 정말 가슴 따뜻하고 의리있는 친구. 그런 친구들이 있는 사람들은 참 행복할거다.

어려서 같은 동네에 살았던 고만고만한 친구들이 열명이나 있었다. 일곱은 남자애들이고 여자애들은 세명이었다. 초, 중, 고, 대학을 다니는 동안 하나, 둘씩 우리는 본의 아니게 멀어져 가고 있었다. 중학교는 일곱 명 중 네 명이 갔고 고등학교는 네 명 중 두 명이 갔고 대학에는 그나마 나 하나 밖에 못갔다. 대학에는 나 혼자 다니게 되면서 환경적 요인에 의해 만나는 기회가 조금씩 뜸 해지고 어른이 되어서는 직업이나 취미 거주지역이 각각 다르게 되어 만나는 것이 더 어려워지기만 했다. 그런 가운데 대학때 만난 친구들이 같은 과에 다니면서 같은 방에 하숙하고 같은 써클 활동을 하고 사회에 나와서 문학동인회를 만들어 지금까지 같은 문학의 길을 가는 친구들이 있다. 그러고 보면 그런 친구들을 가진 사람들 또한 행복하지 않을까. 또 하나는 문학동인회 활동을 같이 하면서 사오십여년 간 변함없이 우정을 나누는 친구가 있다는 것이 여간 고맙고 행복한 일이 아닐 수 없다.

박목월, 박두진, 조지훈 세 사람의 문학친구들이 『청록집』을 내었다. 그 세분의 우정과 문학적 위상은 우리나라에서 아주 귀감이 될 정도로 아름답고 본받을 만하다. 그 세 사람 중 하나 조지훈은 바로 이 「완화삼」을 발표해서 박목월의 나그네를 탄생시켰다. 참 시인들만이 할 수 있는 아름다운 일이 아닐까. 우린 여기서 완화삼의 이야기로 조금 더 들어 가보자 한다.

「완화삼」은 박목월의 나그네를 탄생시키는데 커다란 역할을 한 작품이다. 일제 치하의 어두운 현실 속에서 목월의 나그네는 우리 민족이 갖고 있는 정과 한을 나그네에 비유하여 아름답게 승화시키고 있다.

> 구슬피 울음 운다 / 술익는 강마을 / 등의 아름다운 시어와 시각적 이미지, 이밤 자면 저 마을에 / 꽃은 지리라

라고 체념적인 낭만성이 시의 맛을 더하는데 특히 제목「완화삼」이 주는 시각적 이미지는 더욱 우리의 전통적 부름을

받아 마음을 더욱 끌어당기게 한다. 완화삼은 본래 꽃무늬 적삼을 즐긴다라는 뜻이라고 한다.

산새가 된 시인은 자운산 바위 위에 앉아 먼 하늘을 보며 울어 보지만 현실적으로 자기가 꾸던 꿈에 도달하지 못해 먼 길을 다닌다. 그리고 어느 마을에 도착했을 즈음 가까이 멀리 마을 어귀에서 술 익는 냄새가 나고 서산에는 황금빛 노을이 걸린 것을 동시에 본다. 동시에 나그네는 꽃잎에 젖어 있음에 자연 속에 동화되어 있는 자신을 발견한다. 그리고 다시 먼 길을 떠나는 나그네는 이 밤 지나 내일은 저 마을에 꽃이 지리라는 것을 예견하며 구름처럼 떠나는 나그네의 심정을 말하고 있는 것이다. 같은 시라도 그가 우리에게 주는 서정적 감성으로 하여 코로나 19로 잊혀져 가는 우리들에게 시적 감성을 불러일으키고 있는 작품이다.

좋은 친구들은 좋은 감정을 만들어 내고 그것이 창작으로 이어질 때 또 하나의 멋진 예술 작품으로 탄생됨을 알 수 있다. 그림이나 조각, 시나 소설들이 동기부여가 되는 좋은 주제를 만났을 때 많은 사람들로부터 많은 공감을 얻을 수 있는 훌륭한 작품으로 탄생된다는 것을 우리는 많이 보아 왔다. 선의의 경쟁을 통해서 따뜻한 안부와 격려와 사랑의 채찍을 통해 서로 좋은 작품을 쓸수 있는 기회가 된다면 그보다 좋은 일은 없을 것이다.

이시영

나의 나

여기 앉아 있는 나를 나의 전부로 보지 마.
나는 저녁이면 돌아가 단란한 밥상머리에 앉을 수 있는
나일 수도 있고
여름이면 타클라마칸 사막으로 날아가
몇날 며칠을 광포한 모래바람과 싸울 수 있는
나일 수도 있고
비 내리면 가야산 해인사 뒤쪽 납작바위에 붙어앉아
밤새 사랑을 나누다가 새벽녘 솔바람 소리 속으로
나 아닌 내가 되어 허청허청 돌아올 수도 있어
여기에 이렇듯 얌전히 앉아 있는 나를
나의 전부로 보지 마.

누구든 어느 날 문득 거울 속의 나를 보고 깜짝 놀랄 수가 있다. 겉으로 보여 지는 내가, 내가 다 아닌 것으로 생각될 때가 있고 어느 날은 나도 모르게 내가 아닌 행동을 할 때도 있고 그래서 나도 모르는 행동으로 힘들어 할 때도 있다. 그러니까 내 안에는 나 아닌 또 다른 내가 얼마든지 있을 수 있다는 얘기다.

이 시를 보면 화자는 거울 속의 또 다른 나를 발견한 듯 말한다. '자신도 알 수 없는 또 다른 인격체를 가진 자신이 거울 앞에 얌전히 앉아 있는 나를 나의 전부라고 보지 말아 달라'라고 말한다. 어찌보면 평온한 듯한데 어쩌면 한바탕 회오리바람이 칠 것도 같은 분위기를 갖게 한다.

몇 년 전에 다중인격을 주제로 만든 「23 아이텐티티」라는 영화를 본 적이 있다. 주인공이 23개의 인격을 가진 인물인데 언제 등장할지 모르는 인격 사이를 오가며 유일하게 자신을 이해하는 플레처 박사에게만 자신에 관한 얘기를 한다. 그러던 어느날 케빈은 지금까지 나타나지 않았던 24번째의 인격의 지시로 3명의 소녀들을 납치한다. 그리고 그들에게 오래도록 계획했던 비밀스런 일을 꾸민다. 이를 알아차린 소녀들은 도망치려 하는데 소녀들이 그에게서 도망치려 할수록 케빈의 인격은 점점 더 폭주하기 시작한다.

그가 어릴 때 엄마에게서 받은 학대로 인해 본래의 자신은 안으로 숨어 버리고 자신을 지켜 줄 또 다른 나를 만들어 내는 다중인격의 한 부분을 보여 주는 영화다.

이 시의 끝부분에서 시인은 이렇게 말한다.

> 나 아닌 내가 되어 허청허청 돌아 올 수도 있어
> 여기에 이렇듯 얌전히 앉아 있는 나를
> 나의 전부로 보지 마.

한 마디로 말해 인간의 다중성을 얘기하는 한 부분이다. 우리가 이미 알고 있듯이 인간의 내면에는 따뜻하고 사랑스럽고 너그럽고 얌전한 부분도 있지만 차갑고 매몰차고 아주 좁고 사나운 부분들도 함께 존재한다. 희생적이고 봉사적인 반면 이기적이고 아주 자기 중심적인 경우도 얼마든지 있다. 현대를 살아가면서 한번 생각해야 할 것은 보이는 쪽이 전부가 아니고 안 보이는 또 다른 한 쪽도 매우 중하다는 것을 생각하게 해 주는 시이다.

내 맘에 맞는 이

당신은 내 맘에 꼭 맞는 이
잘난 남보다 조그만치만
어리둥절 어리석은 척
옛사람처럼 사람 좋게 웃어 좀 보시오
이리좀 돌고 저리좀 돌아 보시오
코 쥐고 뺑뺑이 치다 절 한 번만 합쇼

호. 호. 호. 호 내 맘에 꼭 맞는 이

큰 말 타신 당신이 쌍
무지개 홍예문 틀어 세운 벌로
내달리시면

나는 산날맹이 잔디밭에 앉어
기(口令 구령)를 부르지요

앞으로 – 가. 요.

뒤로 – 가. 요.

키는 후리후리, 어깨는 산ㅅ고개 같아요

호. 호. 호. 호. 내 맘에 맞는 이

요즘 같은 세상을 살아가면서 참 내 맘에 맞는 사람 얼마나 있을까 생각해 본다. 누군가가 나에게 '넌 지금 세상을 살아가면서 네 맘에 맞는 사람 얼마나 있느냐?'고 묻는다면 몇 명이나 있다고 답할 수 있을까? 우린 가끔 무슨 일을 하다가도 직장의 동료나 이웃 또는 부부지간에 가끔 참 맘에 안들어 하고 지나가듯 말을 해버리는 일이 있다. 그만큼 살아가면서 맘에 들고 안들고의 문제는 매우 중요한 일이 아닐 수 없다. 일의 능률이나 효과도 맘에 맞는 사람들끼리 하는 것과 아닌 것과의 차이는 매우 크기 때문이다.

내가 누군가에게 마음이 든다는 것, 또는 누군가가 내 마음에 든다는 것은 참 행복한 일이다. 마음이 든다는 것은 바로 좋아하게 되는 것이고 좋아하게 되다 보면 사랑하게 되는 것이고 사랑하게 되면 그 다음은…….

한참 사랑하다보면 사람에 따라 권태기가 온다. 빠른 시간 안에 오는 사람도 있고 느즈막에 오는 경우도 있는데 그런 때 이란 대화를 하는 경우를 본다.

"그런데 자기는 왜 내가 좋아? 왜 나를 선택했어? 벌써 실증이 났어?"

그 때 나라면 어떻게 대답할까? 무슨 반응이 나올까? 경우에 따라서 정색을 하면서 무슨 소리야? 하고 되물으며 발빼는 경우도 있겠고 그래 사실은 좀 됐어 하면서 순순이 고백하는 경우도 있고…….

어느 날부터 눈에 콩깍지가 씌워져 다른 사람이 볼 때는 별 것 아닌 사람이 나에겐 왕자님이고 공주님이고 전부로 보여 선택한 사랑이 있다. 로미오와 쥴리엣처럼 좋아해서 죽게도 되지만 맘에 안들기 시작하면서 사단이 일어나는 경우도 얼마든지 있다. '참 맘에 안 들어'와 '맘에 들어'의 문제는 비단 사랑하는 사람들만의 문제가 아닌 우리의 직장, 사회, 학교 기타 어디든 모두 중요한 문제일 수밖에 없다. 정지용의 시 「내 맘에 맞는 이」를 다시 읽으며 이 시를 읽는 사람들 모두에게 맘에 맞는 이가 많이 생겨나기를 기도해 본다.

황동규 —

즐거운 편지

1

내 그대를 생각함은 항상 그대가 앉아 있는 배경에서 해가 지고 바람이 부는 일처럼 사소한 일일 것이나 언젠가 그대가 한없이 괴로움 속을 헤매일 때 오랫동안 전해오던 그 사소함으로 그대를 불러보리라.

2

진실로 진실로 내가 그대를 사랑하는 까닭은 내 나의 사랑을 한없이 잇닿은 그 기다림으로 바꾸어버린 데 있었다. 밤이 들면서 골짜기엔 눈이 퍼붓기 시작했다. 내 사랑도 어디 쯤에선 반드시 그칠 것을 믿는다. 다만 내가 그 기다림의 자세를 생각하는 것 뿐이다. 그 동안에 눈이 그치고 꽃이 피어나고 낙엽이 떨어지고 또 눈이 퍼붓고 할 것을 믿는다.

황동규는 미당이 많이 아끼고 사랑한 시인 중의 하나다. 그 이유는 많은 시인들이 서구적 흉내를 내면서 시를 쓰는데 황동규는 젊은 나이임에도 한국적 지성을 잃지 않는 흔지 않은 젊은 시인이기 때문이었다. 그러기에 그는 약관 스무 살에 미당의 추천을 받아 현대문학으로 데뷔한다. 그가 스무 살이라는 젊은 나이에 쓴 시들이 어떻게 미당의 마음에 들었을까. 모르긴 해도 엄마 뱃속에서부터 태교를 통해 문학적 감성을 배우고 성장하면서 아버지의 글 쓰는 모습, 아버지 서재에서의 많은 책을 보고 읽고 그런 것들이 축적되어 다른 사람들보다 조금 더 문학적 감성을 키우는데 도움이 되지 않았을까?

즐거운 편지는 그가 고등하교 3학년 때 그 보다 먼저 대학에 들어간 여대생에게 반하여 쓴 시라고 한다. 아마도 그는 그 누구보다 감성적으로 조숙했는지도 모른다. 그 여대생과의 다음일은 잘 모르겠지만 이 정도의 글을 뽑아내려면 정신적으로 많은 시간을 몰입해야 되지 않을까 생각해 본다. 그가 스무살에 이 글로 서정주의 추천을 받았으니 정작 이 글을 썼을 때엔 열여덟 살의 고3이었다니 놀랍기도 하다.

황동규의 이야기는 여기에 그치지 않고, 그 다음해엔 서울대 문리대 문학부에 수석으로 입학했다고 한다. 연상의 여대생을 사모해서 시도 쓰고 그 와중에 서울대 문학부도 수석이라니 황동규의 집중력이 대단하다고 볼 수밖에 없다. 세월이 흘러 많은 시간이 갔는데 당시 열여덟 나이에 썼던 이 즐거운 편지가 오랫동안 많은 사람들의 사랑을 받는 것은 그 만큼 진솔한 마음을 나타냈고 문장이 어렵지 않게 우리 곁으로 다가오기 때문이다.

내 그대를 생각함은 그대가 앉아 있는 배경에서 해가 지고 바람이 부는 일처럼 / 이렇게 문장이 자연스럽게 펼쳐지면서 어떤 그림을 연상시킨다. 아름답고 사랑스럽고 예쁘고 외롭고 쓸쓸함까지 그 알 수 없는 무엇인가 그려지는 분위기, 그 속에 나를 함께 갖다 놓고 싶은, 그래서 그 사랑하는 사람과 함께 있고 싶은 마음까지, 물론 그것은 그 사람이 원하든 원하지 않든 내가 좋아하는 것이기에, 이 비밀한

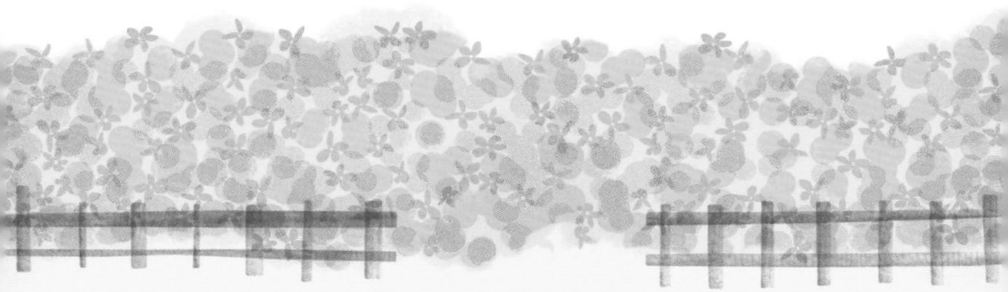

마음은 다음의 '오랫동안 전해오던 그 사소함으로 그대를 불러보리라.' 하고 끝을 맺는다. 내가 그대를 사랑하는 것은 일상속의 그 작은 사소함속에 있다는 것, 그것도 2연 끝에서 보듯 '꽃이 피고 낙엽이 떨어지고 눈이 퍼 붓고'가 의미하듯 매일매일 그렇다는 것이다.

황동규가 사랑하는 그 여학생에게 반해서 썼다는 이 시를 읽으며 누구나 한 번쯤 사랑하는 그 사람을 위해 편지를 쓰고 시를 쓰고 그림을 그리거나 조각을 하고 작곡을 하는 등 무언가는 경험이 있을 것이라고 생각한다. 그럼 왜 사랑을 하는 것일까? 그 사랑을 잘 유지하려면 어떻게 하여야 할까. 게리 채프먼은 사랑에도 기술이 필요하다고 하면서 다섯 가지를 얘기한다. 그건 상대를 인정하는 말과 사랑하는 사람과 함께 보내야 하는 시간을 가져야 하고 마음을 기뻐게 해줄 수 있는 선물과 사랑하는 사람을 위한 봉사, 그리고 빼놓을 수 없는 것 중 하나가 스킨십이라고 한다. 이게 모든 사람들에게 공통적으로 적용 될지는 모르지만 적어도 몇 가지는 꼭 함께 해야 할 일이 아닐까. 분명한 것은 사랑을 시작하는 것도 중요하지만 사랑을 유지하는 것 역시 매우 중요하다. 그건 서로 마음을 변치 않도록 노력해야 한다는 것이 평범한 진리이다.

사랑하는 사람에게 마주 보고 대놓고 말을 못하고 에둘러서 등 뒤에서 은근히 수줍게 그러나 일상적으로 매일매일 마음으로 고백하는 이 시는 참 즐거운 고백일까 힘든 고백일까. 그러나 사랑은 쉬운 고백이든 어려운 고백이든 모두 사랑이기에 아름답고 행복하고 즐거운 것이 아닐까, 나는 이 시 속에서처럼 세상 모든 사람들에게 가슴 떨리는 행복한 사랑의 고백을 꼭 해보라고 권하고 싶다. 물론 해피엔딩을 꿈꾸며…….

I
LOVE
YOU

이면우

노천시장

나무 되고 싶은 날은
저녁 숲처럼 술렁이는 노천시장 간다
거기 나무 되어 서성대는 이들 많다
팔 길게 가지 뻗어 좌판 할머니 귤탑 쓰러뜨리고
젊은 아저씨 얼음 풀린 동태도 꿰어 올리는
노천시장에선 구겨진 천원권도 한몫이다 그리고
사람이 내민 손 다른 사람이 잡아주는 곳
깎아라, 말아라, 에이 덤이다
생을 서로 팽팽이 당겨주는 일은, 저녁 숲
바람에 언뜻 포개지는 나무 그림자 닮았다
새들이 입에서 튀어나와 지저귀고 포르르릉 날다가
장바구니에, 검정 비닐봉지에 깃들면
가지 끝에 매달고 총총 돌아오는 길
사람의 그림자, 나무처럼 길다

사람 사는 곳이 비슷비슷하긴 하지만 그래도 사람냄새 제대로 나는 곳은 재래시장이다. 그것도 정해진 자리가 없는 노천시장이다. 전에는 일찍 오는 순서대로 자리를 펴서 집에서 키운 갖가지 야채들을 펴 놓고 판다. 이를테면 냉이, 호박, 오이, 가지, 상추, 부추 그리고 감자나 고구마 또는 도라지나 더덕, 이제 각종 버섯류들까지 내 양쪽 팔을 주욱 벌린 만큼 펼쳐 놓고서는 오고 가는 사람들의 시선을 끌도록 예쁘게 소복히 싸놓고 파는 것이다. 그런데 어느 때부터인가 자리가 정해지더니 최근엔 자릿세도 있고 명당자리는 웃돈을 붙여 사고 팔기까지 한다니 참 변해도 많이 변하고 있다. 그래도 분명한 것은 그 노천시장을 가야 평소 시장에서 제대로 보지 못했던 귀한 약재나 싱싱한 채소들을 살 수 있기에 노천시장은 예나 지금이나 매력있는 곳 중의 하나이다.

이면우의 「노천시장」은 위에서 말한 단면을 그대로 보여주고 있다. 사람들에게 같은 값에 좀 더 많이 보이게 하기 위해 과일이나 둥글레 등을 소복히 만들어 놓는다. 너무 높게 만들다보면 소복히 쌓아 놓은 과일이 무너져 다시 쌓기를 반복한다. 노천시장에선 카드를 쓸 수 없으니 현찰로 오가는데 그것도 몇 천원이나 만원 대가 가장 많은 편이어서 천원짜리가 자주 오가는 것을 볼 수 있다. 그런데 그 천원짜리가 구겨지거나 접혀져 있어도 주고받는데 서로 불평이 없다. 일반 가게에서는 천원은 곧 잘 깎는데 이곳 노천시장은 구겨진 천원권도 마다 않고 좋다. 그래서 그 천원을 더 받기 위해 덤을 주기도 한다. 그걸 시골 인심이라고도 하고 노천시장 인심이기도 하다. 주인은 준비된 검정 비닐봉지에 주섬주섬 담아 준다. 물건을 사러 온 사람은 이것저것 많이만 담아 주면 그냥 기분이 좋은 상태로 집으로 향한다. 재래시장에서 맛볼 수 있는 천원의 행복이라 할까.

노천시장의 매력 중 하나는 아주 가까운 거리에서 얼굴을 맞대고 물건을 산다는 것이다. 어떻게 보면 단순한 행위이기도 하지만 물건을 사려다 보면 조심스럽게 물건의 주인에게 허리를 구부리고 사든지 아니면 주인과 마주 앉아 물건을 고르고 산다. 불과 2, 30 센티미터 거리에서 가까이서 물건을 사고 팔게 되니 자연스럽게 가까워진 느낌이 든다. 그래서 처음 봤는데도 깎아 달라하고 덤을 주기도 한다. 노천시장이 아닌 일반 가게에서 그렇게 가까이 다가간다면 한마디 듣는 것은 물론 이상한 사람이라고 신고를 할지도 모른다. 그런데 노천시장에서는 물건을 살때 쭈그리고 앉아 이것저것 고르고 만지면서 세상사는 이야기를 하게 되고 단골도 된다. 사람 냄새가 물씬 풍기는 시골 노천시장이 최근에는 쇠퇴일로에 있어 지역의 장날에 가 보아도 한산하기는 평일과 다름이 없다.

대형마트가 생기면서 무표정으로 물건을 고르고 카드로 기계처럼 물건값을 치르고 무표정하게 마트 건물을 나와 집으로 향한다. 셀프 시장보기는 바쁜 사람들에게는 잠시 괜찮을지 모르지만 정말 재미없는 일이다. 사람을 만나 듬뿍 덤을 주고받으며 비록 작은 금액이지만 물건값을 깎아도 보면서 사람 사는 냄새가 물씬 풍기는 노천시장이 그립다. 이 시는 그런 분위기를 잘 나타낸 시로서 시를 통한 마음치료에도 도움이 될 수 있는 시이다. 왜냐하면 그냥 마음이 허한 사람들에겐 노천시장이 치료제 역할을 하기 때문이다. 잠시 이 시를 읽으며 노천시장으로 상상여행을 해 보고 실제 기회가 되면 떡볶이에서 어묵, 우동 그리고 좌판대의 각종 채소, 과일에 이르기까지 사람 사는 냄새 물씬 나는 노천시장을 휘둘러 보면 어떨까하고 권해 본다.

최상호

내 아들아

너 처음 세상 향해
눈 열려
분홍 커튼 사이로 하얀 바다 보았을 때

그때처럼 늘 뛰는 가슴 가져야 한다

까막눈보다 한 권의 책만 읽은 사람이
더 무서운 법

한 눈으로 보지 말고 두 눈 겨누어 살아야 한다

깊은 산 속 키 큰 나무 곁에
혼자 서 있어도 화안한 자작나무 같이
내 아들아

그늘에서 더욱 빛나는 얼굴이어야 한다

이 세상 부모님들은 누구나 자식에게 좋은 말 해주고 싶고 좋은 글 읽게 하고 싶고 좋은 일을 하도록 권하고 싶어 한다. 어디 그뿐이랴. 자식이 무엇을 하던 그게 좋은 일이었으면 하고, 그래서 모든 일들이 좋게 잘 풀리길 바라면서 기도하고 또 기도한다. 그런데 여기에 하나 더 붙여서 좋은 시를 추천해 주어 좋은 영향을 받고 좋은 생각을 갖고 올바른 아이로 잘 커가기를 기도하면 어떨까 생각해 본다. 그래서 이번엔 자식들이 읽으면 좋은 시 하나 추천하면서 함께 생각해보는 시간을 가져보고자 한다.

세상에는 시인들이 참 많다. 그 만큼 발표된 시들도 많다. 그 많은 시인들의 시 중에서 아이들에게 주고 싶은 작품 하나 찾아 봤다. 이 시는 과연 아이들에게 어떻게 전달이 되고 얼마만큼 마음을 움직이게 할까. 과연 한 편의 시가 아이의 장래를 결정하는데 영향을 줄 수 있을까. 그렇다. 좋은 시를 여러번 반복해서 읽다보면 무언가 전해지는 것이 있을 것이다. 한 편, 두 편, 세 편 좋은 시를 반복해서 읽고 또 새로운 시도 읽다보면 새로운 세계를 볼 수 있는 안목이 생기고 판단력이 생기고 상상력이 생길 것이다.

부모님들은 자식들에게 이런 것들을 주문한다. 목표를 세우고 앞으로 나아가라, 어떤 어려움이 있어도 이를 극복할 수 있어야 한다. 미래를 내다 볼 수 있는 인물이 되어야 한다. 또 부모님들은 자식들에게 무엇인가를 남겨 주고 싶어 한다. 당장 좋은 것은 경제적인 도움이 될 수 있을지 모르나 그 보다는 어떤 일에 대한 성취감이나 어려움을 극복할 수 있는 힘을 길러 주는 것이 더 좋지 않을까. 그래서 여기 최상호 시인은 말한다. 뛰는 가슴을 가져야 하고 책을 읽어야 되고 한 눈으로 보지 말고 두 눈을 모두 사용하여 세상을 봐야하고 그늘에서 더욱 빛나는 얼굴이어야 한다고.

험한 세상을 살다보면 누구나 한두 번쯤은 어려움이 닥치게 된다. 그 때 주저앉지 말고 좌절하지 말고 더욱 힘차게 굳건히 일어서서 앞으로 나아갈 수 있는 힘을 길러야 한다. 그건 하루아침에 길러지는 것이 아니고 평소 꾸준히 힘을 길러야 한다. 운동선수가 매일매일 규칙적인 운동을 통해서 체력을 키우듯 기술자들이 매일매일 반복되는 연습을 통해 그 기술을 연마해야 꼭 필요할 때 요긴하게 쓸 수 있기 때문이다. 그러면 그 어두운 그늘이 있는 얼굴이 환해지고 빛을 발휘할 수 있기 때문이다. 이건 누구나 할 수 있는 일이다. 다만 차이가 있다면 매일매일 쉬지 않고 꾸준히 해 왔느냐 안했느냐의 차이일 뿐이다. 아들에게 많은 돈을 물려 주는 것도 좋겠지만 그 보다는 어려움을 극복하고 앞으로 나아갈 수 있는 힘을 기르도록 키워 주는 것이 백만금을 주는 것보다 훨씬 좋을 것이다.

우리는 어느때 어느 곳에서 어떤 일을 당하더라도 이를 극복하고 앞으로 나아갈 수 있는 힘을 길러야 한다. 이를 위해서는 여러가지 방법이 있겠지만 부모님이 권해주는 좋은 시 한 편을 통해서 또 나 스스로 좋은 시를 찾아서 읽고 그만큼 성숙해지는 나 자신을 발견했으면 한다. 한 두 편의 시가 자신의 인생을 좌우할 수는 없지만 두 편, 세 편 찾아 읽다보면 반드시 좋은 결과를 가져올 것으로 믿는다.

눈물

더러는
옥토沃土에 떨어지는 작은 생명이고저…….

흠도 티도.
금가지 않은
나의 전체는 오직 이뿐!

더욱 값진 것으로
드리라 하올 제.
나의 가장 나중 지닌 것도 오직 이뿐!

아름다운 나무의 꽃이 시듦을 보시고
열매를 맺게 하신 당신은,
나의 웃음을 만드신 후에
새로이 나의 눈물을 지어주시다.

몇 년 전 개인적으로 아주 슬픈 일을 당했을 때의 일이다. 나는 사람들이 보든 보지 않든 그냥 슬픈 마음에 그냥 주체할 수 없이 눈물을 흘리고 있었다. 그 때 문상을 왔던 B 시인이 조용히 속삭이듯 이렇게 말했다. '김 시인 뼛속까지 있는 눈물이 다 마를 때까지 울어 봐요. 그럼 아마도 무언가 보일겁니다.' 뼛속까지 있는 눈물이 울고 또 울어서, 또 흘리고 또 흘려서 이제는 다 말라 흘릴 눈물이 없을 정도가 되었다면 정말 그때는 무엇이 보인다는 걸까. 나는 그 무엇을 보기 위해서가 아니라 그냥 하염없이 흐르고 또 흐르는 눈물을 어찌할 수 없어 손등으로 훔치고, 휴지로 손수건으로 닦아내며 당시 오고가는 손님들을 맞으며 보내고 있었다. 눈물과 콧물이 뒤범벅된 상황이 나를 한참 동안이나 가엾은 존재로 만들어갔던 것이다.

눈물의 의미는 정말 무엇일까. 어쩌면 세상에서 가장 진솔한 것, 순수한 것, 고결하고, 가장 깨끗하고 아름다운 것 중 하나가 아닐까? 그 어떤 꾸밈도 없이 진지하고 인간적인 모습을 보이는 순간이 눈물을 흘리는 순간이 아닐까? 가식 없이 눈물을 흘리는 그 순간만큼은 내가 살아 온 지난날들에 대한 회한과 소중하고 아름다운 순간들을 회상하게 한다. 눈물을 진하게 흘려 봐야 다른 사람도 이해할 수 있다고 한다. 우리가 살아가는 날들은 수많은 사람들과의 만남과 헤어짐의 연속이다. 특히 함께 오랜 시간 살아 왔던 사람과의 헤어짐은 너무 아프고 힘들다. 그 헤어짐이 되돌아올 수 없는 죽음이라면 그 슬픔은 더욱 크고 아프다.

특히 예기치 못한 일로 헤어질 땐 그 많은 슬픔으로 인해 더 많은 눈물을 흘리게 된다.

어느 책에선가 소설가 박완서 선생님은 갑자기 자동차 사고로 하나 밖에 없는 아들이 죽은 것에 대한 슬픔과 눈물을 이렇게 말하고 있었다.

> 내가 교만의 대가로 이렇게 비참해지고 고통 받는 것은 당연하다고 치자. 그럼 내 아들은 뭔가. 창창한 나이에 죽임을 당하는 건 가장 잔인한 최악의 벌이거늘 그 애가 무슨 죄가 있다고 그런 벌을 받는단 말인가. 이 에미에게 죽음보다 무서운 벌을 주는데 이용하

려고 그 아이를 그토록 준수하고 사랑 깊은 아이로 점지하셨단 말인가. 하느님이란 그럴 수도 있는 분인가. 사랑. 그 자체란 하느님이 그것밖에 안 되는 분이라니, 차라리 없는게 낫다. 아니 없는 것과 마찬가지다. 다시금 맹렬한 포악이 치밀었다. 신은 죽여도 죽여도 가장 큰 문제거리로 되살아난다. 사생결단 죽이고 또 죽여 골백번 고쳐 죽여도 아직 나 죽일 여지가 남아 있는 신, 증오의 최대의 극치인 살의殺意 나의 살의를 위해서도 당신은 있어야 돼, 암 있어야 하구 말구.

- 박완서 시인의『한 말씀만 하소서』

- (세계사, 2004) 중에서 일부

나는 이 글을 읽는 내내 갑자기 떠난 아들을 생각하는 어미의 절규를 듣는 것 같았다. 먼저간 자식은 가슴에 묻는다고 했다. 여기서 어미는 망연자실하며 갑자기 아들이 떠난 것은 신이 너무 사랑했기에 점지하신 것이라고 아픈 눈물을 가슴에 묻는 것이다. 여기 김현승의 눈물이란 시 역시 25세 때 떠난 아들에 대한 슬픔을 눈물에 녹여 쓴 시이다. 그 어떤 것보다 슬픔을 한단계 승화시켜 신의 선물로 여겼으니 김현승 시인의 눈물은 역시 한단계 높은 곳에 도달해 있음을 말하고 있다. 결국 신은 눈물을 통해 슬픔과 고통을 알게 하고 눈물을 통해 고통과 아픔과 슬픔을 잊게 하는 것은 아닐까 생각해 본다.

박라연

가을 화엄사

그리움에도 시절이 있어
나 홀로 여기 지나간다 누군가
떨어뜨린 부스럼 딱지들
밟히고 밟히어서 더욱 더디게 지나가는데
슬픈 풍경의 옛 스승을 만났다
스승도 나도 떨어뜨리고 싶은 것 있어 왔을 텐데
너무 무거워서 여기까지 찾아 왔을 텐데
이렇게 저렇게 살아온 발바닥의 무늬
안 보이는 발 그림자 무게를
내 다 알지 하며서 내려다보는 화엄사의
눈매 아래서 우리가 흘리는 눈물은 무엇인가
탁탁, 탁탁, 탁탁
모질게 신발을 털며 가벼웁게 지나가려 해도
안 떨어지는 낙엽
화엄사의 낙엽은 무엇의 의미인가

가을이다. 이맘때 쯤 다시 한 번 꼭 가보고 싶은 곳이 있다. 바로 구례의 화엄사다.

그냥 한번 가서 잠시 서 있고 싶은 곳, 정신없이 달려온 지난 세월을 뒤 돌아 보며 화엄사 절마당 한 가운데 잠시 멈춰 서 보고 싶다. 10여 년 전 가을빛 짙은 그 날, 화엄사를 찾았었다. 공기, 물, 바람까지 청정지역인 화엄사는 서 있는 자체로 나의 몸과 마음이 정화된 느낌을 받는다. 여기만은 그 큰 산에서 내려 오는 향기로움과 맑고 깨끗한 물소리 그리고 둘러싸고 있는 산세가 나에게 정겨움을 가져오고 있을지니.

이 시에서는 풍경이 너무 아름다워 오히려 슬퍼서 운다. (나태주 시인이 우리집에 와 아름다운 대청호를 보고 '풍경이 너무 아름다워 슬프다'라고 쓴 시의 한 구절). 아니면 그리워서일까. 시인은 옛 스승을 만난다고 했다. 여기서 옛 스승은 누구일까? 초, 중,

고, 대학 때 가르친 선생님일까? 자연 속의 그 무엇일까? 화엄사 안에 있는 그 어떤 부처님일까? 아니 보이지 않는 어떤 그리움인지도 모른다. 어쨌든 화엄사. 거기엔 보이지 않는 어떤 사랑과 그리움 그리고 외로움과 슬픔까지도 해결해 줄 수 있는 어떤 기다림 같은 것이 있을른지도 모른다. 그래서 많은 사람들이 화엄사를 찾고 화엄사에 몸을 적시고 화엄사의 추억을 만드는가 보다.

10여 년 전 어느 가을날이었다. 화엄사에서 마시던 한 잔의 차가 그립다. 중국에서 차 씨를 가져 와 차 재배를 처음 시작했다는 곳이 화엄사 입구 장죽전이라는 곳이란다. 그때도 곡우 이전에 딴다는 우전이라는 녹차 한잔을 스님께서 따뜻한 마음과 함께 주신 것이 생각난다. 뒤돌아 생각하면 그리운 추억이다. 화엄사는 또 하나 화엄사를 지키는 우리나라에서 가장 큰 석등이 있다. 높이가 무려 6.4m라고 한다. 왜 그렇게 커야 하냐고 물으니 우리나라에서 가장 큰 산이 있어서 그렇다고 한다. 그게 지리산이다. 지리산이 품고 있는 이야기는 무궁무진하다. 넓이도 잴수 없고, 깊이도 알 수 없는 곳이다. 지리산에 천년 역사의 존재물이 숨쉬고 있는 것, 한번 그 오감을 느낄수 있는 차 한잔을 마실 수 있다면, 구례 사람들이 자부심을 갖고 권한다는 것, 진

솔한 차 한잔의 추억이 아름다운 화엄사를 연상케 한다. 아! 단풍이 곱게 불타는 화엄사의 가을 속으로 가 보고 싶다. 그리하여 이 시에서 남기고 간 그 그리움의 발자국도 만나고 싶다. 온 산이 아름답게 물드는 이 가을, 모두가 마음속의 화엄사를 찾아서 여행을 떠나보라고 권하고 싶다.

김광섭

생의 감각

여명의 종이 울린다.
새벽별이 반짝이고 사람들이 같이 산다.
닭이 운다. 개가 짖는다.
오는 사람이 있고 가는 사람이 있다.

오는 사람이 내게로 오고
가는 사람이 내게서 간다.

아픔에 하늘이 무너졌다.
깨진 하늘이 아물 때에도
가슴에 뼈가 서지 못해서
푸른빛은 장마에
넘쳐 흐르는 흐린 강물 위에 떠서 황야에 갔다.

나는 무너지는 둑에 혼자 섰다.
기슭에는 채송화가 무더기로 피어서
생의 감각을 흔들어 주었다.

사람들에게는 살아가면서 예기치 않았던 일들이 일어난다. 이것은 너와 나 할것 없이 누구에게나 일어날 수 있는 일이다. 그 갑자기 일어날 수 있는 일들, 예기치 않은 일들을 보면, 아침에 일어나 화장실에 가서 돌아오지 않아 가보았더니 쓰러져 있다. 119를 불러 병원에 가보니 심근경색으로 인해 벌써 숨이 멎었다. 또는 아침에 음식물 쓰레기를 버리고 들어와 머리가 아파 누웠는데 그게 고혈압이어서 의식을 잃고 일주일 후에 일어났다. 이 외에도 운동을 하다가, 길을 걷다가, 잠을 자다가 일어나는 예기치 않은 일들이 우리를 당황하게 하고 마음을 아프게 한다. 그래서 우린 항상 건강한 삶을 위해 노력해야 하지 않을까 한다.

시인 김광섭에게도 예기치 않은 일이 생겨났다. 어느 날 고혈압으로 갑자기 쓰러져 일주일 후에 깨어났다고 한다. 그리고 나서 이 시를 썼다고. 그래서 제목이 「생의 감각」인가 보다. 사람들은 갑자기 이런 일들이 있고 나면 새로운 세상을 새롭게 만났기에 새로운 감각으로 새로운 생활을 하고 새로운 시도 탄생하는가 보다. 바로 곁에 있는 참 훌륭한 시인 한 분도 돌아가시게 되었다. 해서 묘자리를 보러 다니고 장례위원회까지 만들고 마지막 인사하러 중환자실에 들러 빨리 일어나시라고 했다. 그런데 하늘의 도움으로 정말 다시 일어나 왕성한 시작 활동으로 지금은 한국 최고의 시인으로, 최고의 베스트셀러 시인으로 참 바쁜 날들을 살고 계신다. 참 새롭게 얻는 새로운 세상이어서 새로운 마음으로 오직 시만을 위해 살고 계신다.

김광섭에게 새로운 세계, 새로운 생명, 새로운 의식을 준 이 갑작스러운 일은 매일매일 비슷비슷한 삶을 살아가는 사람들에게 주는 일종의 경종일 수도 있다. 이렇게 새로운 세계를 향해 눈을 뜰 수 있는 새로운 기회를 주었기에 생의 감각이 새로울 수 밖에 없고 그래서 지난 생에 대해 반성하고 새롭게 깨닫고, 새롭게 다짐해 보는 의식을 갖게 해 주는 것인지도 모른다. 그래서 사물을 보는 관점도 사람을 대하는 시각도 시를 쓰는 것도 내 새로운 의식으로 인해 새로운 감각으로 쓰고 있는지도 모른다. 바로 이 생의 감각이란 시 속에서 말하듯 '오는 사람이 내게서 오고 / 가는 사람이 내게서 간다는 것과 같다'라고 말하는 것인지도 모른다. 그런 사실은 쓰러지기 전에도 있었던 일이지만, 그때는 보이지 않던 것이 다시 일어난 지금은 보이기 때문일 것이다.

치자꽃

저녁 으스름 속의 치자꽃 모양
아득한 기억 속 안으로
또렷이 또렷이 살아있는 네 모습
그리고 그 너머로
뒷산 마루에 둘이 앉아 바라보던
저물어 가는 고향의 슬프디 슬픈 해안통海岸通의
곡마단의 깃발이 보이고 천막이 보이고
그리고 너는 나의, 나는 너의 눈과 눈을
저녁 으스름 속의 치자꽃 모양
언제까지나 언제까지나 이렇게 지켜만 있는가

사람은 누구에게나 아픈 과거가 있다.

그걸 상처라 하고 그 상처를 어떻게 치유하는 것에 따라 회복할 수도 있고 그냥 영원히 나락으로 떨어질 수도 있다. 시를 읽고 감상하는 코너의 제목을 「김명수가 사랑하는 한 편의 시」에서 「김명수의 마음을 치유하는 한 편의 시」로 바꾸기로 했다. 오래전 내가 공주교대부속초등학교에 근무했던 때였다. 제자 하나가 대전 ○○대부속병원의 간호사로 있었는데 마침 시 치료를 시작한 의사 선생님이 도와 줄 사람을 찾는다해서 몇 개월 동안 시 치료과정에 봉사했던 적이 있었다. 한 편의 시가 아픈 사람의 마음을 치유할 수도 있다해서 열심히 다녔다. 짧지 않은 시간의 봉사였지만 나에게도 시 공부를 하는데 많은 도움이 되었던 시간이었다.

시 치료는 정신과 환자들에게 시를 낭독해 주고, 또 시를 읽게 해서 그 시 속에서 나름대로 공감을 얻고 위안을 받고 행복감을 느끼기도 하고 지난 시절의 좋은 추억을 떠올리며 나름대로 행복한 느낌을 갖도록 유도해 주는 좋은 시인이다. 여기 이 시는 청마 유치환이 홀로 사는 이영도 시조시인에게 날마다 편지를 써서 빨간 우체통에다 갖다 넣으며 마음의 위안을 받던 그 시절에 쓴 시이다. 후에 이영도 시조시인은『사랑하였으므로 행복하였네라』라는 산문집을 통해서 편지로 주고 받던 그 시간들이 정말 행복했다고 말하고 있다. 참으로 쉽지 않은 사랑의 순수함이 아닐 수 없다. 유치환 시인이나 이영도 시조시인은 그 편지를 통해 그 편지 속의 시와 시조를 통해 세상을 살아가면서 서로가 갈망하는 그 무엇인가를 얻으려고 노력했고 각기 가지고 있던 상처들을 치유해 가고 있었는지도 모른다.

치자꽃은 향기가 참 깊고 그윽하다. 더구나 저녁나절 그 소슬한 바람속에 묻혀 오는 치자꽃 향기는 마음을 더욱 취하게 한다. 한때는 우리집도 베란다에서 해마다 하얀 치자꽃이 깊고 그윽한 향기를 아파트 안으로 밀어 넣어 주곤 했었는데. 그 때마다 그 깊은 향기에 취해 한참씩 눈을 감고 생각에 잠기곤 했던 기억이 떠오른다. 시인은 그 치자꽃 속에서 너는 나의 나는 너의 눈과 눈을 언제까지나 언제까지나 지켜만 보고 있어야 하는가 하고 되묻고 있다. 그래 꼭 만나서만이 아니고 꼭 함께 살아서만이 아니고 치자꽃처럼 그윽한 향기를 전해주는 것만으로도 어쩌면 행복할 수도 있을 것이다. 이는 멀리 있는 사람이 나만이 들을 수 있는 소리로 '사랑해'라고 부르는 소리처럼.

빈집

사랑을 잃고 나는 쓰네

잘 있거라, 짧았던 밤들아
창밖을 떠돌던 겨울 안개들아
아무것도 모르던 촛불들아, 잘 있거라
공포를 기다리던 흰 종이들아
망설임을 대신하던 눈물들아
잘 있거라, 더 이상 내 것이 아닌 열망들아

장님처럼 나 이제 더듬거리며 문을 잠그네
가엾은 내 사랑 빈집에 갇혔네

우리말에 '말이 씨가 된다'는 얘기가 있다. 어떤 가수가 슬픈 노래만 하다가 진짜 슬퍼지고 일찍 죽는 일이 생기고, 아픈 사람이 희망을 갖고 치유해야 되는데 자꾸 죽고 싶다 하니 정말 어느쯤 가서 죽게 되고, 시를 쓰는 시인이 절망을 어둠을 노래하니 정말로 그렇게 된다 하고 …….

빈집은 기형도(1962-1989)시인의 마지막 시라고 한다. 그는 스믈 아홉의 나이에 세상을 떠났다. 그도 역시 어두운 시들을 썼다. 그래서일까, 그가 젊은 나이에 운명을 해야 했던 것은. 이 시는 상실된 사랑을 그리고 있다. 잘 있거라. 더 이상 내것이 아닌 열망들. 그건 빈집에 갖힌 내 사랑이다. 다가오지 못하고 밖으로만 떠돌던 안개처럼, 망설이기만 하던 내 마음이 눈물로 대신하고 그래서 그 모든 것들이 내것이 아닌 멸망이라고 말하는 시인은 그가 열망했던 사랑을 갖지 못하고 떠날 수 밖에 없었던게 아니던가.

날마다 좋은날

함께 있다가 한 사람을 떠나보낸 경험이 있는 사람은 알 것이다. 그가 떠나 홀로 남은 집은 집이 아니다. 빈집이다. 이미 떠났기에 문을 걸어 잠근다 해서 그 사랑이 빈집에 남아 있는 것은 아니다. 그래서 잘 있으라고 인사말을 하지 않았던가. 그가 떠나 빈집에 갇혀 있는 마음은 이미 죽은 것과 같다. 그래서일까, 그는 죽기 일주일전에 나는 뇌졸중으로 죽을지도 몰라 이렇게 혼자 말을 했다고 한다. 그리고 일주일 후 그는 정말로 죽었다. 그가 정거장에서의 충고에서 나는 이제 희망을 노래하련다라고 한 말이 아련히 멀어져간 것이다. 위에서 말했듯이 말이 씨가 된다고, 안 좋은 말은 함부로 하지 말고 삼켜야 하지 않을까 생각해 본다.

잃어버린 것들

머리통이 다 닳도록 지껄였고
꼬리가 빠질 듯이 일했고
눈알이 튀어나올 듯이 울었고
발이 떨어져나갈 듯이 걸었고
심장이 터질 듯이 노래했어
자, 보라고
내 몸에서 남아 있는 게 뭐가 있니?

다시 한 해가 시작되었습니다. 참 아름다운 동해의 일출을 보았습니다. 힘차게 솟아오르는 태양처럼 그렇게 희망의 새해가 시작되었습니다. 그리고 우리는 다짐합니다. 하루를 살더라도 최선을 다해서 후회 없는 삶을 살자라고, 그 하루하루가 더 해저서 한 달이 되고 그 한 달이 모아져서 다시 일년이 됩니다. 우리는 이렇게 선물로 받은 열두 달, 365일을 후회없이 살기 위해 오늘도 노력하고 열심히 일합니다.

지난해는 코로나19로 인해 참 어려움이 많은 해였습니다. 집안에서는 물론 한 발자욱을 밖에 나가려 해도 마스크를 써야 하고 한 사람을 만나도, 차 한 잔을 마시러 찻집을 가도, 음식점을 가도, 직장에 일터에 가도 온통 마스크입니다. 하느님이 인간에게 내린 벌입니다. 지구상의 수많은 사람들이 각기 많은 죄를 지었기에 하늘에서 벌을 내리는 중입니다. 우린 이럴 때일수록 각기 자신의 일에 최선을 다하면서 열심히 일을 하고 코로나와 싸워 이겨나가야 합니다.

후회 없이 하루를 사는 것은 긍정의 삶을 사는 것입니다. 부정적인 것 보다는 자신의 힘이 다 빠질 때까지 열심히 일을 하는 것입니다. 위 시에서 말하는 것처럼 내가 가진 것들이 다 소진되도록 일을 했을 때 새로운 것들이 다시 채워집니다. 낡고, 헤지고, 묵은 것들을 다 내보내고 깨끗하고 신선하고 아름다운 것들로 다시 채우는 작업을 합니다. 그 방법은 열심히 일하는 것입니다. 나이와 관계없이 시간과 장소와 관계없이 나에게 주어진 것이라면 발이 떨어져 나갈 듯이, 심장이 터질 듯이, 내 몸에서 남이 있는 것을 찾을 수 없을 때까지, 아 그러면 죽는다고요? 아니 그렇게 되도록 일하다보면 새로운 것들, 마음을 충족시킬 수 있는 것들이 생긴다는 것이지요. 그래서 하느님은 우리에게 다시 일 년 열두 달, 365일의 새로운 날들을 선물해 주셨습니다. 우리는 그 소중한 시간들을 감미롭게, 생명력이 있는 에너지가 솟게 일할 의무와 책임이 있습니다. 그건 각자의 몫이고 각자의 마음입니다.

이제 새롭게 한 해를 시작하며 후회 없는 시간을 보내기 위해 열심히 일하는 시 한 편을 소개합니다. 미국인들이 사랑하는 쉘 실버스타인이 쓴 「잃어버린 것들」이라는 시입니다. 나뭇가지 끝은 붉은 꽃눈이 새싹을 틔우고 오뉴월의 그 젊고 푸르른 잎을 휘날린 뒤 살과 뼈를 다 내어 주면서 가벼운 몸이 되어 지상에 내리는 나뭇잎처럼 우리의 몸도 열심히 쓰고 소진되면 한 줌의 흙으로 돌아갑니다. 후회 없는 삶을 살기 위해 열심히 일하다 보면 치매도 못된 병도 물러갑니다. 모두 행복한 새해가 되시기를 기도하며 잃어버린 것들을 소개합니다.

푸른 하늘을

푸른 하늘을 제압하는
노고지리가 자유로웠다고
부러워하던
어느 시인의 말은 수정되어야 한다

자유를 위해서
비상하여 본 일이 있는
사람이면 알지
노고지리가
무엇을 보고
노래하는가를
어째서 자유에는
피의 냄새가 섞여 있는가를
혁명은
왜 고독한 것인가를

혁명은
왜 고독해야 하는 것인가를

시를 읽다 보면 가슴이 뜨거워지는 시가 있다. 그 중의 하나가 김수영의 시다. 특히 「푸른 하늘을」이란 시는 제목에서부터 설레게 하다가 자유, 비상, 노고지리, 피의 냄새, 혁명, 고독으로 이어지는 단어들에서 점점 클라이막스로 올라 갔다가 혁명과 고독에 와서 잔잔해지는 느낌을 받는다. 자유를 상징하는 푸른 하늘을 나르는 노고지리, 노고지리가 그 광활한 푸른 하늘을 자유롭게 나는 것을 상상 해본다. 노고지리는 그 푸른 하늘을 날기 위해 독수리의 위험도 감수해야 하고 앞으로 차고 날기 위해 힘도 써야 하고 방향을 잘 잡아서 진정한 자유와 먹이가 있는 곳을 찾아 가야 한다. 노고지리가 찾고자 하는 자유는 결코 그냥 오는 게 아니라는 것을 날아본 자만이 알 수 있다.

김수영 시인은 가장 자유롭고 솔직한 시인이라고 말한다. 그의 시를 읽다 보면 그가 갖고 있는 사상이나 비밀한 울음, 시대적 상황이나 부끄러움 등 그 모든 것들을 적당히

취사선택해 쓸 수 있었음에도 가장 솔직하고 자유로움을 택했다. 그러기에 오늘 날에도 수많은 시인들이나 독자들이 김수영의 시를 좋아하는 이유가 여기에 있는 듯하다. 솔직해야 만이 인간이 갖고 있는 내면의 아픔을 치유할 수 있다. 그러기에 좋은 시 한 편은 마음을 치유하기도 하고 용기를 갖게 해 주기도 한다.

민주주의 역시 그렇다. 누군가 앞에서 민주화를 외쳤고 자유를 갈구 했고 보다 나은 삶의 질을 추구하기 위해 피와 땀과 눈물을 흘렸기에 가능했듯이 노고지리도 자유로운 비상을 위해 안과 밖에서 부딪히는 것을 뚫고 앞으로 나아갔기에 저 푸르고 아름다운 하늘을 마음껏 날을 수 있을 것이다. 진정한 자유는 노력하는 자만이 누릴 수 있는 것이다.

김수영은 1949년 김현경 여사와 결혼하고 바로 6·25전쟁이 일어나 서울에 있다가 인민군에 붙잡혀 의용군이 되었다. 그러나 탈출을 감행해 집으로 왔지만 경찰에 잡혀 거제도 포로수용소로 보내진다. 그리고 숱한 고생 끝에 석방되었다. 이 때의 여정을 그의 시 '조국에 돌아오신 상병포로傷病捕虜 동지들에게2'에서 다음과 같이 나타내고 있다.

북원北院 훈련소를 탈출해 순천順川 읍내까지도 가지 못하고 / 악귀의 눈동자보다도 더 어둡고 무서운 밤에 중서면中西面 내무성內務省 군대에게 체포된 일을 생각한다. / 그리하여 달아나오던 날 새벽에 파묻었던 총과 러시아 군복을 사흘을 걸려서 찾아내고 겨우 / 총살을 면하던 꿈같은 일을 생각한다.

그가 현실을 극복하기 위해 수용소에서 생니를 하나씩 뽑아내며 죽음의 시간을 버텨냈다는 것은 유명한 일화이다. 그만큼 자유를 갈구했고 그 연장선에서 4·19 시를 발표하는 등 암담한 시대적 상황에서 저항의식을 보여준 대표적인 시인이 되었다. 그는 언제나 자유롭고 싶었다. 그러나 자유롭지 못했다. 그리하여 이 작은 새 노고지리가 상징하듯 그 자유로움을 찾고자 노력했다. 마음이 답답하고 울적할 때 이 시를 반복해 읽다보면 가슴이 치유되는 느낌을 받는다.

떠난 애인에게

네가 먼 곳에서 결혼식을 올리던 시간
나는 강의실로 들어가고 있었어
잘 가, 잘 살아, 라고
바닥에 뒹구는 잎새 바스락거리는 소리에 숨겨 나는 말했어
하늘도 한 번 바라보았어
구름이 한두 뭉치 있지만 푸르더군

우린 화를 내다 여러 해의 그리움을 마감해 버렸어
신부가 바뀌었다고 생각지 않니?라고 나는 마음 속으로 물었어
들렸어
슬프게,
그래, 라고 하는 네 마음

우린 매정한 체 하느라고 애를 썼어
사실은 자신이 없어서였을 뿐인데
그게 효과가 있었지

충분히 서로 사랑하지 않는다고 생각했던 거지
세상에 충분한 사랑이 있다는 것처럼
아주 거만했지

물론 돌이킬 순 없지
그냥 이렇게 말하는 거지
어제부터 너를 사랑하지 않게 되었다, 고

우리에게 그동안 배워온 세상 사는 기술이 있지
(배신하고 배신당한 일이 한두 번인가
살다 보면 만나고 헤어지고 그러는 거지)

그게 좋아
아무쪼록 우리 죽을 때까지 그 가면 뒤에 숨어 있자
맨 얼굴 내밀지 말자

나머지 삶도 살아야 하니
잘 가, 다시는
이승에서 부르지 않을 이름

살아가는 일이 견뎌내는 일이 될지라도
잘 가, 잘 살아,
우리 이렇게 살아 가

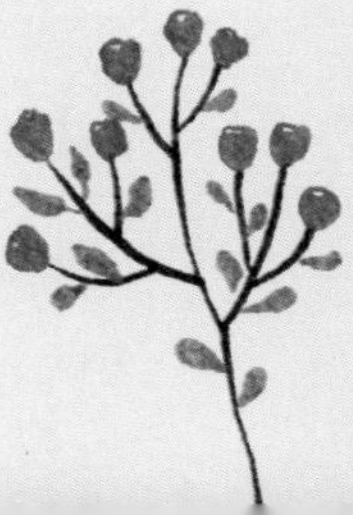

사람들은 태어나서 나이를 먹고 살아가는 동안 사랑하던 사람을 떠나보내는 경우가 얼마나 될까? 어떤 참 운 좋은 사람은 초등학교 때부터 시작한 첫사랑이 수십 년을 이어 온 끝에 결혼한 경우가 있고 또 첫사랑과 이별했다가 참으로 우연히 다시 만나 결혼한 경우도 있다는 것을 읽은 적이 있다. 그렇지 않은 대부분의 사람들은 사랑하는 사람을 말없이 떠나보내야 했고 어쩔 수 없이 헤어져야 했고 또 서로의 안좋은 일로 부득이 헤어져야만 했던 일들이 수 없이 많이 있을 것이다. 그런 가운데 많은 사람들은 사랑했다가 쿨하게 헤어지기도 하지만 아쉽고 그리움이 남아서 한 동안 마음고생을 해야만 하는 경우도 참 많다.

사랑은 이렇게 좋을 때는 즐겁고 행복함을 주지만 안 좋을 때는 사랑해서 슬프고 아프고 괴롭고 힘들어 하는 경우가 참 많이 있다. 사랑하기 때문에 헤어져야 하고 사랑하기 때문에 모든 걸 참고 견뎌야 한다. 이런 경우와 논리가 사랑하고 있는 사람들 사이에 존재하면서 가치 갈등의 순간을 맞고 힘들어 하는 것이다. 어려서 어머니로부터 받기 시작한 사랑이 성장하면서 주위 사람들로부터도 받고 이것이 낭만적 사랑으로 변하면서 청년기가 되면서 이성적 사랑으로 발전하게 되는 것이다. 그것은 곧 개인적 감정과 성격에 가치를 부여하면서 사랑이 모든 것을 지배하게 되어 숙명적 운명적이라고도 하는 것이다.

우리 인간 사회에 있어선 사랑이란 정서가 항상 주변에 산재해 있어서 어쩌면 그 모든 것들은 사랑에 의해 시작하고 사랑해 의해 유지 되고 사랑하기에 끝내는지도 모른다. 그러기에 사랑은 어떤 상황 속에서도 늘 발생할 수 있는 것이기에 그 대상의 강도에 따라서 변화무쌍한지도 모른다. 부부, 가족 그런 것들 또한 사랑이라는 것에 의해 구성되고 조화롭게 여겨지기에 특히 가족 형성은 사랑이란 커다란 테두리 속에서 함께 유지되고 발전되는 것이 아닐까 생각해 본다.

우린 어려서부터 사랑 속에서 커 오고 그 사랑의 분위기를 느끼며 살아 왔다. 문학작품이나 영화, 텔레비전에서 수없이 많은 사랑이야기를 보고, 듣고. 읽고, 느끼고를 반복하며 경우에 따라서는 흉내도 내보고 따라서 사랑놀이를 해 본 사람들도 있을 것이다. 사회 심리학자 에리히 프롬은 사랑은 피동적 감정이 아니라 활동적인 것이라 했다. 사랑은 주는 것이고 기쁘고 흥미롭고 이해하고 유머스럽다가 때로는 슬프기도 한 것이기에 자신이 갖고 있는 모든 것들을 상대방에게 주는 것을 의미한다고도 했다.

사랑 이야기를 이론적인 것에서부터 실제적인 예를 들어 보는것은 몇 권의 책으로도 부족할 것이다. 그러기에 여기서는 양 시인의 떠난 애인을 중심으로 이야기해 보련다. 이 작품에서 역시 앞에서 이야기한 것처럼 사랑하는 애인이 떠났고 그 떠난 애인이 결혼을 한다는 소식을 듣고 시인은 강의실 한 귀퉁이에서 잘가 잘가 하고 눈물을 훔친다. 사랑했던 사람이기에 김소월처럼 '꽃잎을 뿌리며 사뿐히 즈려 밟고 가시옵소서'라고 말은 안했지만 '잘가요 잘 살아요'라고 몇 번이고 되뇌고 있으면서 내심으로는 잠시겠지만 그때 붙잡지 못한 것을 후회하고 있는지도 모른다. 이게 인간의 본심이고 솔직함이 아닐까. 그러나 현실은 이미 벌어진 일 어쩔 수 없는 것, '잘가, 잘가' 하고 인사를 나누며 이승에서 다시는 이름을 부르지 않을꺼라 다짐하며 슬픈 이별을 고하는 것이다.

양애경 시인의「떠난 애인에게」를 읽으면서 우리는 늘 떠나 보내고 후회하는 등 뒤늦게 아쉬워하는 경우를 다시 한 번 느끼게 한다. 물론 이 시의 끝부분에서 이승에서 부르지 않을 이름이라할 정도로 잊는 것 같지만 커텐 뒤에 숨는다고 잊는 것은 아니다. 잊으려 노력할 뿐이다. 정말로 사랑했던 한 남자를 떠나 보내면서 지금쯤 예식장에서 다른 여자의 남자가 되고 있는 그 사람을 생각하면서 진심으로 잘 가라고 잘 살라고 행복을 빌어 주는 아쉽지만 아름다운 장면의 한 부분을 보는 듯하다. 부디 아프지 말고 잘 살아라. 행복하게 친구여, 안녕.

개피떡

내 등은 구부정하고
아버지 어깨도
구부정했다

허리 좀
펴고 살라고
말들을 한다

아버지 어깨는
겸손해서
구부정하고

내 등은
세상에 타협하느라
구부정하다

조금 있으면 구정 명절이 다가 온다. 신정이든 구정이든 우리나라에선 빠질 수 없는 상차림 중의 하나가 떡이다. 떡국은 한 살 더 먹었다는 표시로 각 가정마다 기본이고 지역에 따라서는 갖가지 떡이 따라 온다. 최근에는 여러가지 떡 만들기 기술이 발달해서 옛날에 해 먹던 떡만이 아닌 갖가지 색과 모양을 혼합한 떡들이 나와 사람들의 식감을 즐겁게 한다.

안연옥 시인은 떡을 전문으로 하는 떡집 사장님이기도 하다. 솜씨가 좋아 여러가지 만드는 떡이 맛깔나고 모양 또한 예뻐서 많은 사람들이 즐겨 찾는 공주의 떡카페 명소가 되기도 했다. 그 중에서 여기에 등장하는 개피떡은 우리나라에선 주로 봄철에 만들어 먹는 떡이라고 나와 있다. 봄에 나는 향기로운 햇쑥이나 송기를 넣어 익힌 반죽을 얇게 썰어서 팥소나 녹두소를 넣고 만들어 쪄 먹으면 겨우내 추위에 지친 입맛을 새롭게 해준다고 한다. 이를 다른 말로 하면 소를 얇은 껍질로 싸서 만들었다 해서 갑피병, 또는 소를 넣고 접을 때 공기를 넣고 볼록하도록 하였다고 해서 바람떡이라고도 한다.(시의전서 인용) 그래서 어떻게 보면 허리가 굽은 모양처럼 보이는 것이다.

「개피떡」을 두 번 세 번 읽어보면 간단하고 단순한 듯 하나 그 속엔 2대에 걸친 인생의 희노애락이 숨어 있다. 아버지가 등이 굽은 것은 세상 사는데 겸손해서 굽은 것이라고 시인은 말한다. 농사를 지었든 다른 일을 했든 어제나 다른 사람들에게 신세를 지는 것을 싫어 했고 일을 하다 잘 되어도 모두 다른 사람들에게 그 공을 돌려 드렸고 어려운 일이 내게 왔다 하더라도 스스로 그걸 감내하고 이겨 나갔음을

감지할 수 있다. 세상 사는 것에 겸손하다는 것은 결코 쉽지 않은 일이다. 누구보다 가슴이 넓어야 하고 인내해야 되고 포용해야 한다. 그렇지 않고서는 결코 겸손의 미를 찾을 수 없기 때문이다.

안 시인이 내 등이 굽은 것은 세상에 타협하느라 구부정하다고 한 것은 그가 그동안 살아 오면서 결코 만만치 않은 삶을 살아왔다는 것을 한마디로 압축하고 있다. 오래전 일했던 것하며 오늘의 떡집이나 연잎밥을 완성하고 자리 잡기까지 그 속에 또 대학원에 다니면서 공부한 것을 포함해서 이것저것 종합해보면 그가 허리가 굽지 않은 것이 비장상이라고 볼 수 있다. 삶이란 자신이 어떻게 받아들이고 개척해나가느냐에 따라 양과 질이 좋아진다. 노력하는 사람에겐 노력하는 만큼 좋아지고 게으름을 피는 사람에겐 그만큼의 댓가가 따르기 마련이다. 따라서 이 시에서 말하듯 안 시인의 굽은 허리는 성실하게 사는 모든 사람들의 허리와 같은 것이다. 자신의 삶을 윤택하고 보람되게 하기 위해서 온갖 노력을 다하는 사람에게 주는 아름다운 훈장일 수도 있다. 이제 우리 모두 땀 흘려 일하고 최선을 다하는 사람들의 허리가 펴지도록 행복한 개피떡 먹기를 했으면 한다.

외로움도 꽃을 피운다

외로움도 꽃을 피운다
산중에 혼자 있으니
모두 내려오라 한다
좋은 곳 놔두고
사서 고생한다고
그런데 모르는 게 하나 있다
산중에 있으니
내가 꽃을 피울 수 있다는 것을
외로우니까
나뭇잎 풀잎 엄나무 참새 이름 모를 풀꽃들
그 흔한 것들이
모두 내 친구라는 것
그 중에서 내가 왕이고
내가 대장이고
내가 졸병이고

나 혼자 장구치고 북치는 것
그게 참 맛이라는 것
그 속에서 내가 꽃이라는 것
날마다 그들로부터 위로 받고
그들로부터 사랑받는다는 것
나만이 그들을 몸 끝에서 가지 끝까지
다독여주고 보듬어 줄 수 있다는 것
그래서 내가 꽃을 피운다는 것이다

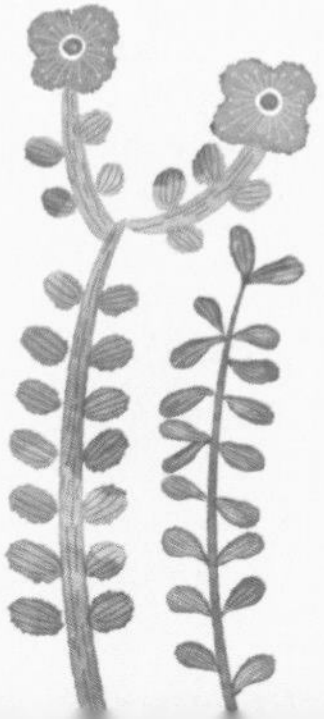

텔레비전에서 어쩌다 〈자연인〉이라는 프로를 보았다. 깊은 산 속에서 혼자 집을 짓고 씩씩하게 살고 있는 모습이 부럽기도 했다. 어느 곳은 전기도 없어 밤에 호롱불이나, 촛불을 켜 놓고 산다. 낮에는 그래도 햇살이며 산새들 그리고 산에서 버섯 채취, 장뇌삼 캐기, 희귀 약초 캐기, 또 조그만 채전 가꾸기 등 심심할 틈이 없겠지만 어두운 밤 긴긴 시간은 어떻게 보낼까. 무서울텐데(텔레비전에서 보는 모습은 전혀 그런 느낌이 들지 않았다.) 그것도 며칠을 사는 것도 아닌 몇 년씩이나 그렇게 살고 있다니 참 심신이 많이 단련된 사람이라고 생각되었다.

대청호 주변 버스도 오지 않는 외딴 곳, 우연히 발견한 이곳에서 들락거리며 산지 벌써 십여년이 되간다. 낮에는 햇살과 바람, 산새들, 그리고 호수에서 잘름이는 물결 소리, 가끔씩 드나드는 차소리를 빼고는 적막과 고요가 흐르는 곳이다. 특히 지금과 같은 밤이면 달빛과 솔잎이 만나 입

맞추는 소리가 들릴만큼 적막과 고요가 흐른다. 나는 언제부터인가 이 적막과 고요가 참 좋았다. 처음엔 무섭기도 하고 외롭고 힘들었지만 나도 모르게 조금씩 적응이 되면서 이제는 고독과 외로움을 즐기게 되었다. 물론 사람인지라 가끔씩 찾아오는 우울함이 나를 힘들게도 하지만.

이 적막함 속에서 외로움을 달래는 길은 친구를 만드는 것이다. 그것도 사랑하는 애인 같은 친구, 내가 가끔 바쁘다고 한 바퀴 돌다가 와도 언제나 그 자리에서 변함없이 기다려 주고 지켜주고 반가워 해주는 애인 같은 친구 말이다. 그런데 살다 보니 정말로 그런 친구가 생겼다. 그들은 정말로 언제나 나를 기다려주고 반가워 해준다. 나를 위로해 주고 힘들어할 때, 내 마음을 달래 준다. 잠시 바쁘다고 외면하고 다른 일을 하고 와도 언제나 그 자리에서 반갑게 맞아준다. 이 외딴곳에서 정말 그들은 나에게 있어 너무나 아름답고 사랑스런 친구가 되어 있다. 정말 고맙고 또 고마운 친구들이다. 내가 여기에 오면서 심기 시작한 나무들, 꽃들, 먹이를 주는 새들, 그리고 한결같이 반겨 주는 세리, 마리, 토리 강아지들, 그들은 내가 항상 물을 주고, 거름 주고, 먹이를 주고, 가꾸면서 주기만 한다고 생각했는데 오히려 날마다 내가 더 많은 사랑과 위로를 받고 있다는 것을 알았

다. 그들은 언제나 그 자리에서 변함없이 나를 기다려 주고 사랑해주는 애인 같은 친구가 되어 있었다.

그래서 이 시를 썼다. 외롭고 고독한 곳이지만 이곳에서는 언제나 내가 왕이고 대장이고 졸병이고 사랑을 주는 것 같지만 그들로부터 사랑을 마음껏 받고 있어서 참으로 고맙고 아름다운 곳이다. 외롭지만 이 나무와 꽃과 새와 바위와 호수 속에서 나 혼자 있기에 그들로부터 사랑을 독차지할 수 있는 즐거움이 바로 산중에 있다하니 마음이 따뜻해지고 그들이 고마울 뿐이다.

자유를 위해서
비상하여 본 일이 있는
사람이면 알지
노고지리가 무엇을 보고
노래하는가를